死刑犯的最後一天

1829年出版小說

Le Dernier Jour d'un condamné

Victor Hugo

維克多・雨果 著

吳坤墉 譯

【奪朱】
社會政治批判叢書 09

死刑犯的最後一天

法國文豪雨果1829年小說＋臺灣戲劇工作者陳以文2015年創作劇本

Le Dernier Jour d'un condamné

作者｜維克多．雨果(Victor Hugo)，陳以文
譯者｜吳坤墉
文字編輯｜林琪雯
美術設計｜楊啟巽工作室
電腦排版｜辰皓國際出版製作有限公司
印刷｜辰皓國際出版製作有限公司

出版｜無境文化事業股份有限公司
精神分析系列 總策劃｜楊明敏
人文批判系列 總策劃｜吳坤墉

地址｜802高雄市苓雅區中正一路120號7樓之1
e-mail｜edition.utopie@gmail.com

總經銷｜大和圖書書報股份有限公司
地址｜248新北市新莊區五工五路2號
電話｜(02)8990-2588

第二版｜2021年01月
定價｜360元
ISBN 978-986-06019-1-6

雨果1829年小說
Original title : Le Dernier Jour d'un condamné by Victor Hugo (1829)

Victor Hugo

Le Dernier Jour d'un condamné

目錄

contents

1829 年
第一版序

這本書的由來，可以有兩種說法。第一種，是真的有這麼一疊泛黃而大小不一的紙張；那上面，是某個不幸的人逐一記錄他那最後一絲一縷的思緒。第二種，是有個人，他可能是為了藝術致力觀察自然的夢想家、也可能是個哲學家、還是一個詩人……都可以！他從揣摩想像中得出這個構思；可能是他被這個構思驅策著，最後只能將它丟進一本書裡，不然別無辦法可以擺脫。這兩種解釋，讀者可以自己選擇他要哪個。

小說
死刑犯的最後一天

LE DERNIER JOUR D'UN CONDAMNÉ

Victor Hugo
維克多．雨果 著
吳坤墉 譯

一

必賽特監獄（Bicêtre[1]）

判處死刑！

整整五個星期了，我被這個念頭附身，只能與它獨處，只能在它的逼視下寒顫，只能在它的重量下抬不起頭來！

過去，就是在這度日如年的幾個星期以前，我也跟其他人一樣：每一天、每個小時、每一分鐘都有自己的目的。那時，我年輕又豐富的心神，總充滿著異想天開。它頑皮的將種種狂想一個接著一個拋出，隨意任性又不顧後果，在生命這塊粗糙而輕薄的布匹上刺繡著無窮的瑰麗紋飾。那是青春的女孩們、是精采的無事生非、是凱旋而歸的爭鬥、是華麗聲光的劇院。或者，又是和青春的女孩們，那夜裡在栗子樹巨大的枝椏下的摸黑漫步……那時，我的腦海裡全是縱情奔放。我可以隨心所欲的思想，那時的我是自由的。

而現在我是個囚犯。我的身體被牢房的鐵索綁住，我的精神則是被禁錮在一個念頭裡。一個恐怖、一個血淋淋、一個無法擺脫的念

---

* 特別感謝「德臻法律事務所」合夥律師李晏榕協助校閱法文法律名詞之翻譯。

1. 位於今巴黎市南邊郊區。原址最初為 13 世紀修道院；其後增建為王家城堡。17 世紀時開始作為傷兵醫院；之後，在垂死傷患之外，又陸續收容乞丐，精神病患；並做監獄之用，收容死刑犯及苦刑犯。必賽特監獄屢屢出現在雨果及巴爾扎克之作品中。遺址改建後，今為 Kremlin-Bicêtre 醫學中心。

頭！ 我只剩一個想法、一個確信、一個肯定：判處死刑！

不管我做什麼，它總是在那裡。這個叫人無法忍受的念頭，像是我身邊一個凝重的鬼魂，孤獨而善妒，驅趕我所有的分神；甚至在我想要轉過頭去或閉上眼睛時，用它冰冷的雙手搖撼我，逼著可悲的我面對著面直視它。不管我的精神如何迂迴的逃避，它總是又能鑽回裡頭，變成一個可怕的旋律重複地唱著別人對我的所有指指點點；它把我壓在牢房醜陋的鐵柵上，緊黏著我。醒時，它讓我著魔般的想著；睡時，它又刺穿緊繃的我，然後化成一把利刃在夢裡出現。

在夢裡，它追得我疲於奔命；我赫然驚醒，安慰自己說：「啊！這一切不過是場夢！」然而，就在我沉重的眼睛還來不及足夠張開，從我周圍這些恐怖景象裡看清這個殺人念頭的狂妄書寫：在我牢房潮濕出汗的地磚裡、在我的過夜燈蒼暗的光芒下、在我的麻布囚衣的粗魯紋路間、在那些佩槍反光穿過牢房鐵柵的看守士兵陰沉的臉龐上……；我彷彿已經聽到一個聲音在我的耳畔呢喃：判處死刑！

二

那是八月裡一個美麗的早晨。

我的案子已經開庭三天了。三天來我的名字與我的罪行總是一早就招來一群觀眾，像圍在屍體旁的烏鴉一樣棲息在旁聽席的板凳上。三天來法官、證人、律師、皇家檢察官們駭人聽聞的言語一次又一次的在我面前搬演，時而粗野，時而血腥……又都一致的晦暗而致命。前兩個晚上，因為憂慮與恐懼，我無法成眠；第三晚，我在哀戚與疲倦下睡著。那是午夜時分，陪審團開始評議裁決；我一被帶回到那牢房的破敗裡，就立即墮入深沉的睡眠，一種忘了一切的昏睡。

那是我好幾天來唯有的幾個小時睡眠。

當來人要叫醒我時，我正是在這個沉睡的最深處。這回法警那沉重的腳步與鐵頭靴子、大串鑰匙的碰撞與扭轉鎖頭的刺耳聲音都不夠把我驚醒；他得在我的耳畔大聲嘶吼，用他的粗手揪住我的雙臂才能把我從失去知覺的昏睡中叫醒。—「還不快起來啊你！」— 我打開眼睛，驚慌的坐起身子。這時候，透過牢房狹窄的高窗，我看到在他們允許我瞄到僅有的一面天空，隔壁走廊的天花板上，一道黃色的反光；那是所有習慣於牢房陰暗的眼睛，都會靈敏的回想起太陽的黃色反光。我好愛太陽。

「天氣很好！」我對法警說。

他過了好一會兒沒搭理我，彷彿是不知道值不值得為我費上一點口舌。 然後才突然勉強的喃喃唸道：

「大概吧。」

我保持不動，意識處於半睡眠狀態，嘴上微笑著，眼睛凝視著這道濃淡有致地打在天花板上，溫暖的金色光束。

「多好的天氣啊！」我又說。

「是，」那人回說：「大家都在等你。」

就這幾個字，像是那綁在腳上的線將振翅高飛的蟲子硬生生拉住，把我粗暴的揪回現實。有如在雷電的閃光下，讓我又赫然看到陰暗的法庭裡，那經手許多染血囚衣的法官們圍坐成的馬蹄形、那三排滿臉蠢像的證人、那站在我的板凳兩頭的警衛……看到那黑袍飄晃、那後堂陰暗處喧嘩群眾的腦袋，以及十二個在我昏睡時還在熬夜的陪審員，那釘在我身上的目光！

我站起身子。我的牙關戰慄，我的雙手發抖，抖得連衣服都穿不上去。我的兩腿虛弱。才邁出第一步，就像一個負荷過重的苦力般走得跌跌撞撞。但我還是尾隨法警走著。

兩個警衛在牢房的門階前等著我。將我戴上手銬。又小心翼翼的把手銬上那複雜的小鎖轉緊。

我任由他們處置：這不過是在一個機關上又加一個機關罷了。

我們穿過中庭。早晨清新的空氣讓我精神一振。藍藍的天空，而太陽溫暖的光芒，被煙囪切成一塊塊的，緣著監獄陰暗而高聳的屋頂，大角度的灑落。天氣真的很好。

我們爬上一座旋轉的樓梯；我們穿過走廊，又穿過另一道，接著又有第三道；然後一扇矮門打開來，一股熱氣，夾雜著喧囂，向我迎面撲來。那是旁聽群眾吐出的濁氣。我走了進去。

我的出現帶來了一陣武器戒備與七嘴八舌的恍惚雜音。折疊座椅吵雜的摔回原位，活動門前後亂甩。而當我在被士兵隔開的兩邊群眾包圍下，穿過長長的法庭時，彷彿覺得我拉著一條條的線，牽動著他們一張張誇大而歪斜的臉。

這時候我突然察覺到身上已經沒有鎖鍊了；可是我不記得他們是在何時何地幫我解下來的。

庭裡是一陣極度的無聲。我走到了我的位子。群眾的喧嘩停止時，我紛亂的思緒也靜了下來。在此之前，我都還只是迷惘隱約的想到；此刻，我卻突然清楚的意會到那終結的時刻已經來臨：我是到這裡來聽候判決的。

很難解釋，但意會到這點，並沒帶給我絲毫恐懼。窗戶是開著的，城裡的氣息及噪音從外面自由的飄進來；屋裏像是辦婚禮般的明亮，而明媚的太陽讓玻璃格子窗閃耀得光芒四射：或者在地板伸長、或者在桌上映照，又或者在牆角折斷。而每片窗戶投出的方形光影，都將空氣切割出一塊塊巨大的稜鏡，發散著金黃色的塵埃。

坐在法庭深處的法官們看起來挺為開心，大概是為即將收工而高興。窗上的反光柔和的打在審判長臉上，讓他顯得寧靜而善良；還有一個年輕的陪席法官，手上把玩著法袍上的領巾，得意忘形的與一位戴著粉紅帽子，被禮遇坐在他身後的美女聊得不亦樂乎！

只有陪審員們顯得蒼白而精疲力盡；很顯然的，是通宵熬夜帶來的勞累。有幾個還直打著呵欠。光從表情形色，一點也看不出來他們是帶來死刑判決的人。從這些布爾喬亞好人的臉上，我只感覺到一股想上床睡覺的強烈慾望。

正對著我那扇窗戶全開著，我可以聽到河岸邊賣花小販們的歡笑。而就在窗框的邊緣，一株美麗的黃色草花，迎著陽光，站在石頭縫上與風兒調笑。

在那麼多美好感受的籠罩下，哪還可能有大禍臨頭的想法呢？！沐浴在陽光與空氣間，我唯一想望的就是自由。有如白日升起，希望也在我的內心湧現。就這樣，帶著自信，幾乎有如人家期待新生命的降臨，我等候著聆聽我的判決。

此時，我的律師可到了。他胃口大開的去吃了一頓豐盛的早餐，大家就等著他來。

走到他的座位，他帶著笑容的靠過身來。

「應該很有希望喔。」他對我說。

「無非如此吧？」我也故做輕鬆而笑著回答他。

「對啊……」他接著說：「我當然還不知道他們的裁判內容；但他們應該是已經排除了預謀殺人，所以不過就是終身苦刑吧！」

「你在說什麼？先生！」我深深覺得委屈憤慨，回他說：「還不如判我一百次死刑！」

對！死刑！……我腦袋裡面一個不知從何而來的聲音還接著說：「其實現在講這種話也不算狠角色。死刑的宣判不都是在燭光搖晃的午夜，在陰沈黑暗的法庭裡，在冬季陰雨的寒夜裡進行的嗎？！而現在可是八月的清晨，這麼一個明媚的白天，還有這些好人陪審員們……那絕對是不可能的！」然後我回頭，再次注視著那陽光下美麗的黃色小花。

突然，終於等到我的律師的審判長，要我站起來。警衛都端起了槍；而所有的人，就像通了電門一樣，也都一起站了起來。一個不起眼而恍惚的輪廓站在法官席位下方的桌前，我猜他應該是書記官吧，正在念著陪審員們當我不在場時做出來的判決。我的全身都冒出冷汗，得要靠在牆上才不致跌倒。

「大律師，對於判決結果，您有沒有什麼意見？」審判長問道。

我有，我，我有好多要說，但又無從出口。我的舌頭緊緊黏著我的上顎。

辯護人站起身來。

我意會到他試著要減輕陪審團做出的判決，試著讓他們將裁決的刑罰稍微降低一點，降成剛才律師所期盼而卻讓我深受打擊的刑罰。

那不平屈辱的感受是如此強烈，才能在我腦中那千頭萬緒交纏衝撞的情緒間顯得那麼突出。我渴望能夠高聲吶喊剛才那句話：「還不如判我一百次死刑！」

然而我說不出話來；只能用力揮舞手臂想去阻止，動物本能的全力高喊：「不要！」

檢察官與律師繼續唇槍舌戰，而我竟是帶著癲痴的快意聽著。接著法官們走出去，不久又回來，然後審判長宣讀我的判決書。

「判處死刑！」人群眾口一同的說。而當我被帶出法庭，這些爭先恐後緊跟上來的群眾，竟然帶出有如建築物崩塌的響聲。我失魂落魄的走著，而我內心卻正經歷一場驚天劇變。在死亡判決宣告之前，我還覺得自己跟其他人是在同一個地方呼吸、顫抖與生活；如今我清晰的感覺到我已經被排除到人世之外。

從此以往，凡我所見都變了模樣。那些明亮的窗、那美好的太陽、那嬌媚的花朵，如今儘是蒼白，透著裹屍布的顏色。那些跟著我的腳步擠上來的男女老少，我覺得，好像幽靈在飄蕩。

在樓梯口，一輛裝著鐵窗，骯髒的黑色車子正等著我。臨要上車之際，我不經意的往廣場望過去。那些往車子跑過來的路人朝著我大喊：「死刑犯！」。

穿透那彷彿籠罩在我與事物間的陰霾，我看到有兩個年輕女子以貪嗜的目光緊隨著我；比較年輕的那個拍著手說：「好啦，再等個六個星期吧！」

三

判處死刑！

好吧，有什麼大不了的呢？忘了是在哪本無聊的書上看到，上面只有一句足堪玩味的話：

人啊，一出生就先被判了個死刑；活著只是暫緩執行罷了！[2]

這麼說來，我的處境哪能有多大的不一樣？

從我聽到判決的那一刻到現在，多少渴望長壽的人已經死了！又

2. 出自雨果於 1823 年出版的小說《冰島的凶漢》*Han d'Islande*。

有多少年輕、自由而健康，打算到格列夫廣場[3](Place de Grève) 欣賞我人頭落地的人，已經先去赴了黃泉。而到那天之前，還會有多少現在正盡情地漫步及呼吸，隨心所欲的人，又將比我先走一步！

更何況，我的生命哪還有什麼好留戀的呢？算算也就是監牢里的暗無天日，汙黑的麵包，和苦刑犯的鍋裡舀出來的那點剩湯；還有就是我這個有教養的人，讓牢頭獄卒作賤與糟蹋；也不再有哪個人類還願意紆尊降貴跟我聊上兩句；而為了我做過的事和他們將對我做的那些事，更是讓我不斷的全身發顫……那劊子手還能從我身上奪走的，也就是這些了吧！

但，無論如何，這一切都太殘酷了！

四

黑色車子把我運送到這裡，這個惡名昭彰的必賽特監獄。

打遠處看，這個建築物有它的宏偉。在一個丘陵的前緣，它沿著地平線矗立，遙遠的維持著一些舊日的光輝，像是國王城堡的樣子。但當你逐漸靠近，殿堂就變得破敗。側邊壁面的殘破怵目驚心；不知

---

3. 今巴黎市政廳廣場。當年巴黎以斷頭台公開處決犯人之處。

道是什麼可恥可悲的東西玷污了那皇家的門面，簡直像是牆壁得了痲瘋病一般！玻璃都破了，門窗上連一塊都不剩；有的是交織錯落的粗鐵欄杆，偶爾還看到一張張瘋子或是苦刑犯骷髏般的臉貼在上面。

仔細去看人生，就是這個樣。

五

才剛到，幾隻鐵腕就好生伺候著我。諸多的預防措施，像是餐具裡不能有刀有叉、手臂用像個大麻布套的「拘束衣」綁住……照料得我無微不至。我要求上訴，這個要命的程序得要花上六到七週；他們得看好，到時才把我平平安安地送上格列夫廣場。

頭幾天，他們的溫柔叫我毛骨悚然。牢頭的關愛聞起來就是有斷頭台的氣味。還好，過不了多少日子，他們就恢復原形，我和其他囚犯被一視同仁了。在這個粗暴的圈子裡，那種破格禮貌的特殊待遇，害我老覺得劊子手就在眼前……總算都消失了！好處還不只這些。因為我的年輕、我的彬彬有禮及監獄神父的照顧，更因為我曾經對獄卒講過幾個拉丁字使他莫名其妙，讓我獲准每週一次可以和其他囚犯一起散散步；同時那禁錮我的拘束衣也不用穿了；甚至在一番考慮後，還給了我紙筆墨及油燈。

每個星期天做完禮拜，放風的時間，我被帶出來中庭。那裡我可以和其他囚犯聊天；這很重要。這些可憐的傢伙，其實都是好人。他們講他們的「絕招」給我聽，很嚇唬人，但我知道他們是在吹牛。

他們教我講黑話，用他們的說法，就是「吐春典」。這是一整套從正常語言病變出來的語言瘤。有些時候更帶著一種奇特的能量，漂亮得嚇人。說「大路上有果醬」其實是說走道上有血跡；而「娶個寡婦」是上了吊刑台，意思像是說吊刑台上的繩索是所有受刑者的遺孀。小偷的頭有兩種叫法：思考、推理、計畫犯罪的是「巴黎大學」，被劊子手砍下來的就叫「柴頭」。有時還很搞笑，像把撿破爛背的草籃叫做「草編的羊毛披肩」，或是把舌頭叫做「女騙子」。然後是隨時隨地用的那些怪字；那些不知從哪來，神祕醜陋又噁心的詞彙：「房子」是劊子手，「錐子」是死亡，「櫃子」是刑場。簡直像癩蛤蟆或蜘蛛般惱人。聽到人講這些話，就跟有人拿一疊破布在你面前亂舞，弄得灰頭土臉髒兮兮的感覺是一樣的。

但至少，這些人是同情我的；也只有他們同情我了！那些獄卒、警衛和牢頭……算了，我也不怪他們！但他們自己說說笑笑，就在我面前說我的事情，根本是沒把我當人看了。

六

我對自己說：既然我可以寫，那幹麼不寫呢？

但要寫什麼？被關在四面又禿又冷的石牆中間，足不能行，眼無處望；每天唯一的娛樂是看著從門上開口打在陰森牆面的那個白色方塊，規律而緩慢的移動。我剛才說過，就只能跟那一個念頭，那個罪與罰、那個殺戮與死亡的念頭獨對……像我這樣一個已經被世界遺棄的人，我還有資格說些什麼？在我這顆已經枯竭空洞的腦袋裡，還找得出什麼值得被寫下來的東西呢？

誰說沒有？就算在我周圍一切都已經變得單調而失去顏色，我的內心不正經歷著一陣風暴、一場鬥爭與一齣悲劇嗎？當終點漸漸迫近，這個讓我失魂落魄的頑固念頭，不正是無時無刻變本加厲的，以種種更醜陋更血腥的樣子逼著我嗎？我何不試著，將身在這被唾棄的處境所感受到的種種粗暴及莫名，對自己述說明白呢？沒錯，可寫的東西多了。而即便我的人生很短暫；但從此刻到我嚥氣之間，還會有多少精神壓迫、恐懼及折磨可以讓我把筆寫禿，把墨用乾啊！更何況，這些焦慮，我也只能夠靠著觀察它，勾畫它，才能讓我稍稍分神，少受點苦了。

再者，說不定，我寫下來的東西不至於毫無意義。這個日記，記載著我每一小時、每一分鐘、每一個折磨的苦痛。如果我能有力氣，堅持地一直書寫，一直寫到「生理上」完全不可能繼續的那一刻……那麼，這個刻劃著我種種感受的故事，這個必然無法完成，但已經是儘可能完整的故事，豈不蘊含著一個重大而深遠的教訓呢？而從這個記錄將死之言的筆錄裡，從這不斷擴大的痛楚中，從一個死刑犯的知性自剖裡，難道不會帶給判官們好些個警惕嗎？也許，看了我寫的這些，等下一次他們準備把一顆會思想的頭顱，一顆人頭丟到那所謂司法的天平上的時候，他們的雙手就不再會那麼的輕率？

這群可悲的人，難道從來不知道在死刑判決乾脆俐落的形式裡，還包藏著這樣漫長而不間斷的凌虐嗎？難道他們從來不曾稍有遲疑嗎？一想到他們要砍殺的人是有思想，是有一個為生命而存在的思想，以及一個不為死亡而存在的靈魂的，這不叫他們椎心嗎？……

不！從沒有！

這一切的一切，他們還是只看到斷頭台那片垂直墜落的三角形鍘刀！可能他們還認為，對那個被判死之人，過去及往後都是一樣的空白。

這幾頁手稿可以讓他們知錯。哪一天出版了，可以讓他們思考一下精神虐待的問題，而這正是他們現在毫無知覺的事情。他們因為能夠幾乎不讓身體受苦的殺人而洋洋得意。嘿！這才是問題之所在！跟精神上的痛楚比起來，身體的痛楚算得了什麼！

太恐怖太可悲了！竟然是這樣來實現法律！總有那麼一天，我們將會看到最後一個死刑犯的告白；說不定我寫下的這些記憶，也貢獻了一點力量……

除非是，在我死後，這些沾著泥濘或是爛在大雨中的紙片在監獄的中庭被風捲起，變成黏在哪個獄卒破掉的玻璃窗上的斑斑點點。

七

也許有那麼一天，我寫的這些東西真的可以幫上別人，真的讓那準備好要裁判的法官住手，真的可以挽救那些可憐、無辜或是有罪的人，讓他們不會被加諸我身上的刑罰折磨到死……

但為什麼要這麼希望呢？這又有什麼好處？又有什麼用呢？等我的頭被切下來之後，他們要去切別人的頭，又關我什麼事呢？我真的有這能力去想清楚這些瘋狂荒唐嗎？非得我上了斷頭台才推倒它！誰能告訴我，這樣的結果我能圖些什麼？

什麼！？太陽、春天、遍野的花朵、早起的鳥兒、白雲、樹木、大自然、自由與生命……這些我全都沒有了！

啊！要救的其實是我啊！我真的不能得救嗎？明天就得死，也說不定是今天，難道真的就只能這樣嗎？

老天啊，陷進這可怕的想法裡，幾乎像要我把腦袋撞碎在牢房的牆上！

八

來算算我還有多少日子：

宣判後，有三天可以向最高法院上訴。

被送給部長之前，這疊所謂的「本子」，還會被丟在重罪法庭檢察署裡八天。

部長應該要檢視案件，然後轉給最高法院。只不過他可能要過了十五天，才發現有這些卷宗！

之後呢，要分類，編號及登錄；因為斷頭台可搶手了，得輪到你才能上去。所以要花上十五天的時間檢查一下，你真是夠了條件，沒有偷跑插隊。

終於等到最高法院開庭，一般是在週四，二十個上訴聲請可以整批的被駁回，一起送回給部長，然後再送回給檢察總長，最後到劊子手的手裡。前後三天。

到了第四天早上，檢察總長的副手可能一邊打著領帶，一邊想說：「這案子也該做個了結了。」而如果那庭的書記官沒有因為跟朋友午餐耽擱了正事，他就會草稿、撰述、謄寫清楚執行令，寄出去；然後隔天清晨，在格列夫廣場就會聽到有人在釘木頭架子，還有每個路口那些已經喊到沙啞的人的吼叫聲。

算算共是六個星期；那少女沒說錯。

只是，我在這必賽特監獄的死牢裡，已經有五個，也許六個星期了吧！我不敢去算。而且我總覺得週四正是在三天以前……

九

我剛寫完遺囑。

其實沒什麼好寫的！我被判得要支付行刑的費用，所有的身家送上也不見得夠。斷頭台，價格可是很貴的啊！

我留下一個媽媽，我留下一個妻子，我留下了一個孩子。

一個三歲的小女孩，她像玫瑰花兒般溫柔細緻，有著漆黑的大眼睛及棕色的長髮。

我最後一次看到她，她才兩歲一個月。

就這樣，等我死後，三個女人失去兒子，失去丈夫，失去父親；三個不同種類的孤兒，三個由法律造成的寡婦。

我承認我可能是罪有應得；但這些無辜的女人呢？她們又犯了什麼錯？

誰管你啊！羞辱她們吧，摧毀她們吧，這就是司法正義！

我擔心的不是我可憐的老媽媽，她已經六十四歲，說死就死了。就算還再多活幾天，只要到臨終前她的暖手爐裡還能有著餘溫，她就不會多說些什麼了。

我也不擔心我太太，她的身體已經壞了，精神又衰弱，沒多久後就會死去。

除非她發瘋。聽說這樣反而活得下來；至少，她的思想不會再受苦，會一直睡，跟死也沒兩樣。

但是我的女兒，我的孩子，我可憐的小瑪麗！此刻她可能歡笑，遊戲或歌唱，無憂無慮……讓我痛的是她呀！

十

我的牢房是這個模樣：

大小是八尺見方。四面都是大塊的石牆，豎立在石頭地磚上，地面比外面走道要高一點。

一進來，門右邊那個窟窿就算是睡鋪了；一堆乾草丟在地上，犯人休息睡覺都在上面。一套粗布的衣褲，從夏天穿到冬天。

在我不見天日的頭上，有個烏黑的尖形拱頂，專有名詞叫「ogive」的，上面掛著一層層破布般的蜘蛛網。

就這樣，沒有窗戶，連個通風口也沒有。

有扇門，門上鐵片包覆著木頭。

啊，我說錯了！門的上半部，中間有個九吋見方的開口，當中十字型的鐵柱切出個田字。晚上，警衛會把開口關上。

外頭，是一條長長的走道，點著燈，靠著牆上方一個個狹窄的氣窗通風。走道上一排上緣呈圓弧形的矮門，矮門後面是一間間跟我的一樣的牢房；走道看似分成一區一區的，其實是建築的結構樑柱劃出來的一個個連接空間，也像是牢房的起居室。這些牢房裡面，都是被典獄長處罰關禁閉的苦刑犯。但最前頭三間黑牢是保留給死刑犯專用的，因為離警衛休息室最近，對警衛方便。這些牢房，是十五世紀文卻思特（Winchester）大主教所建造的老必賽特城堡僅存的遺跡；對，就是那個下令燒死貞德（Jeanne d'Arc）的文卻思特大主教！這我是前幾天聽那些跑來我的籠子看我的「好奇人士」說的；他們站得遠遠的看我，跟在動物園看野獸一樣！警衛賺了一百塊錢。

我忘了說，在我牢門外頭，不分晝夜都有個衛兵；每當我的眼睛朝方形的開口往外看，就必得與那雙總是睜得大大的眼睛對望。

還有什麼其他東西在這個石頭盒子裏呢？大概就是一點白天及一點空氣吧！

十一

當黎明總是不來，要如何面對黑夜呢？我突然有個點子。站起身，我拿著燈，瀏覽牢房的四面牆壁。上面佈滿著文字、圖案、奇怪的塗鴉，以及許多相互重疊及遮蓋的名字。看起來就像每個死囚都想留下一些痕跡，至少，要留在這裡！那是用鉛筆、用石灰用木炭寫的黑色、白色、灰色的字母；也有深深刻在石頭裏的，又常常夾雜著帶鐵鏽色的字母，看起來像是用血寫出來的一樣。假如我的精神是比較自由的，肯定，我會對這奇怪的書本，這牢房的每塊石頭上一頁又一頁在我眼下展開的書本，大感興趣。我會想要將這些散佈在石塊上，無數思緒的片段重組成完整的一個；我會試著知道每個名字下面是個怎樣的人；這些中斷的敘述、截頭去尾的句子、缺了字母的字……如同書寫他們的人一般，只剩身體，沒了腦袋；我會希望去找出他們的意義與生命。

在我床頭的高度，一支箭穿過兩顆燃燒的心，上面寫著：「一生的愛」。這可憐蟲的生死相許倒是不難堅持到底。

旁邊，一張畫得潦草的臉，戴著一種有三個角的帽子，下面有這幾個字：「皇帝萬歲！ 1824 年。」[4]

又是兩顆燃燒的心，上面寫著這種監獄裡典型的句子：「傑克最愛而且最崇拜馬第爾．東凡。」

在對面的牆上可以看到這個名字：Papavoine[5]。大寫字母 P 是用花體精心美化雕寫的。

一段淫穢歌曲的歌詞。

一頂代表自由的帽子[6]深深刻在石頭上，下面寫著：「Bories — 共和」。那是拉羅歇爾（La Rochelle）的四個士官[7]之一。可憐的年輕人啊！那些所謂的政治必要措施是如此的醜陋；他們拿來對付一個理念、夢想、或是抽象概念的，竟然是那麼殘酷的現實、是那叫做斷頭台的東西！

而我，誰會同情我呢？我是個真的犯了罪的，真的讓鮮血流出的苦人啊！

我無法再研究下去了。因我突然看到，就在牆角，白色粉筆畫的一個可怖圖畫：那斷頭台的形象；此刻，它可能正在為我準備……燈差點就從我的手上掉下來！

---

4. 皇帝在此指拿破崙（1769-1821）。拿破崙在 1821 年就已死亡。1824 年卻尚有死刑犯在祝他萬歲。

5. 罪犯。他在文森森林公園於被害人母親眼前用刀刺死兩個小男孩。1825 年被處決。

6. bonnet de la liberté 或是 bonnet phrygien。源自古希臘。法國大革命時成為象徵服飾。後來更成為法國共和精神的象徵服飾。

7. 1821 年時值法國歷史之波旁王朝復辟；以 Bories 為首的四個青年軍官被控陰謀推翻國王及王朝，企圖恢復共和。四人皆於 1822 年在斷頭台上處決。

十二

我趕緊坐回到草堆上，將頭埋在兩膝之間。不久那幼稚的惶恐散去，一種怪異的好奇心，又讓我繼續來閱讀牆壁。

在 Papavoine 這名字的旁邊，一大片厚厚的蜘蛛網黏滿灰塵掛在牆角；我撥開了它。在這蛛網下，許多僅存的殘缺筆劃之間，有四五個名字卻是完全清晰可見：DAUTUN，1815； POULAIN，1818；JEAN MARTIN，1821；CASTAING，1823。看到這些名字，我想起了那些駭人聽聞的事蹟：Dautun，就是他把兄弟切成四塊，然後連夜跑到巴黎，將頭顱扔噴水池，身軀丟進下水道。Poulain，謀殺老婆的那個。Jean Martin，趁他爸爸開窗的時候拿手槍給了老頭一槍。Castaing，這個醫生拿藥毒他的朋友，而在治療這個被自己害出來的患者時，給的不是解藥，而是更多毒藥。而在這些名字之後，就是Papavoine，那個用刀刺穿頭部殺害好幾個兒童，喪心病狂的瘋子。

我覺得從腰間湧起一陣燥熱，全身顫抖；而我對自己說：看啊！看看這間牢房在我之前的主人們。就是在這裡，跟我站在同一塊石磚上，這些殺戮而血腥的人想著他們最後的想法！就是在這狹小的方形，他們踩著最後的步伐，困獸一般繞著這牆轉。他們一個緊接著一個的進來，中間都只有短暫空檔；聽說這間牢房從不閒置的！他們的餘溫還在，然後就換我來了。不久我也要到那雜草生得那麼茂盛的克拉馬（Clamart）墓園，與他們為伍了。

我既不會通靈，也不迷信；可能正是這些胡思亂想讓我突然發了高燒。而當我因此譫妄之時，突然間，我彷彿覺得這些要命的名字是用火焰寫在漆黑的牆面上，一陣陣越來越急促的響聲在我耳際炸開，一道紅色的光芒充斥我的眼睛⋯⋯接著，我感覺到牢房裡擠滿著人，擠滿著用左手拿著他們的腦袋的怪人；而且因為他們頭上都光禿禿，那手是抓著嘴巴的。除了那些殺害父母的罪犯外[8]，所有人都揮著拳頭對我來勢洶洶。

我充滿恐懼的閉上雙眼，卻更是歷歷在目。

要不是一個突如其來的知覺即時讓我回過神來，不管那是做夢、幻覺還是真實，說不定就把我逼瘋了！

就在我幾乎要昏倒過去的時候，突然間，我光著的腳上，感覺到一個冷冷的肚子與毛茸茸的腿爬過⋯⋯是那隻我剛剛驚動的蜘蛛在逃生。

---

8. 當時的法律，殺害父母的罪犯會先被斷手才砍頭。

就這樣我恢復理智。啊！這些可怕的幽靈！不是的，這些只是我空洞又衝動的腦袋裡面的一道煙霧、一種幻覺；是馬克白式的亡魂！死人就是死人，這些個尤其死得徹底。他們被牢牢的閉鎖在墓穴裡面；那可不是一個有辦法逃脫的監獄啊！那到底為什麼我會那麼的害怕呢？

墳墓的門，不會是從裡面打開的！

十三

前幾天，我見識了件醜陋至極的事情。

大白天，監獄裡一片吵雜。有重門開關的聲音、有鐵鎖門栓轉動的刺耳、有獄卒腰間袋裡那一串串鑰匙的金屬碰撞、還有急促的腳步上下樓時讓階梯的搖晃、以及來自長廊兩端的吼叫問答。我牢房的鄰居，那些關禁閉的苦刑犯們，比平時顯得要開心。像是整個必賽特監獄都在歡笑、歌唱、奔跑舞蹈。

這片喧囂中，我，是唯一靜默的，是人聲鼎沸中唯一沒有動作的；帶著驚訝而專注，我聽著！

一個警衛走過。

我碰運氣地叫住他，問他監獄裡是不是在辦同樂會。

「要叫它同樂會也行！」他答道。「明天要解去土倫（Toulon）的苦刑犯，今天得把他們打上頸鏈！你想不想看啊？很有娛樂效果喔！」

對一個孤單的囚徒來說，儘管很可恥，這可不只是看場表演而已，簡直是無上的幸福了！我答應去娛樂一下。

管理員做了萬全準備，讓我絕不能作怪，然後將我帶到個有一面鐵窗，此外別無長物的空牢房。那可是一面真正的窗戶，高度正好讓雙肘得以靠著，窗外看過去的就真的是天空。

「請吧！」他對我說。「你可以在這裡觀賞。跟國王一樣，獨享你的包廂！」

接著他出去，關門，上鎖，拴門栓，把我關在裡面。

窗戶正對著一個相當大的方形中庭，中庭四面被一個巨大的六層樓石材建築包圍，看起來像是沿著四個角落建起的大圍牆。你絕對看不到比這更為墮落、更赤裸裸、更可悲的景象：四邊牆面開著許多的鐵窗，每一個鐵窗上，從下到上，都緊緊貼滿著一張張面黃肌瘦的臉，這層層疊疊相互推擠的眾生相，有如牆面上一塊塊的石磚，讓交織的鐵柵欄給框裱起來。

這些都是囚犯；此一時是這個儀式的觀眾，但改天就是換他們下場。就好比迷失的靈魂到了最後的煉淨之處期待上天堂，殊不知這是直通地獄的入口！

大家還是安靜的看著空蕩蕩的中庭，等候著。在這些黯淡而陰沈的形影間，偶爾會閃爍著一些銳利而熱切的眼睛，就像星火點點。

包圍著中庭的監獄建築並非四面完全合攏。其中的一個建物（朝東那個）立面寬度只有一半，與鄰牆之間由一面鐵柵欄連過去。這鐵柵欄連接第二個中庭；比前一個小，但一樣的被烏黑的壁面及斜屋頂牆給封起來。

主中庭四面靠著牆邊都有石製的長椅。正中間豎著一根鑄鐵的柱子，頂端彎曲成鉤，用來掛燈籠。

正午的鐘聲響起。一個看似隱藏在凹洞裡的馬車門驟然開啟。一群不知哪種骯髒而可恥的士兵，穿著藍色制服，批著紅色肩章及黃色皮背帶，護送著一輛板車笨重的拖進中庭，並且發出一陣破銅爛鐵的噪音。那是苦刑管理員與鐵鍊。

在此同時，這噪音彷彿喚醒了一整個監獄的喧嘩；那些原本安靜乖巧的窗邊觀眾，突然間爆出興奮的叫囂，夾雜著歌曲、恐嚇、詛咒及讓人聽得驚心動魄的開懷大笑。

就像是看著惡魔的各種面具。每張臉上都露出扭曲的鬼樣，每隻拳頭都伸出鐵窗，每個嗓子都在嘶吼，每顆眼珠都在冒火；看到這堆死寂的灰燼中又噴出那麼多火星，叫我驚懼莫名。

而那些管理員們，身旁混著幾個從衣著及他們顯露出來的恐懼就知道是打從巴黎來湊熱鬧的；那些管理員們則是不慌不忙的看著他們的營生。當中一人爬上板車，將鐵鍊、上路用的頸圈以及一疊疊的粗麻褲子丟下來給他的夥伴。接著分工合作：有些到中庭的一角將長長的鐵鍊，行話叫做「細線」，逐一拉開；有些則是在地上整理「綢緞」，就是衣服及褲子；那些比較精明的，在他們那身材五短的小老頭隊長監督下，逐一檢查苦刑犯要掛在脖子上的鐵頸圈，然後將它們攞在地上去閃閃發光。這些都在囚犯們嘲諷的讚美聲中進行，而其中最突出的聲音正是那些將要受用這些東西的苦刑犯，他們狂噪的笑聲；可以看到他們就被集中在面對著小中庭的老監獄鐵欄杆裡邊。

當這些準備工作完成，一位制服上繡著銀線的男士，大家叫他

「督察先生」，對監獄的「主任」下了道命令；不一會兒，只見兩三個矮門像是鍋爐排氣一樣，幾乎同時向中庭吐出來一團團醜惡、叫囂、又衣不蔽體的人。這些就是苦刑犯。

他們一進場，窗邊的歡樂頓時加倍。

這些人裡面，有些是苦刑犯中的話題人物，以一種自豪的謙虛接受歡迎的讚美與掌聲；其中多數頭上都戴著他們親手用牢房裡的乾草編成的帽子，每個都是奇形怪狀，以便路過城裡時人們會從帽子去注意到下面的腦袋；這些人獲得的掌聲更是熱烈。還有一個特別賣力在傳播他的狂熱：那是一個有著少女臉孔的十七歲年輕人；他剛剛從違規房出來，在裡面被關了八天禁閉，還能用那堆乾草編成一件從頭包到腳的衣服！他翻著跟頭翻進中庭，靈活得跟蛇一樣。這人原本是野台戲演丑角的，因偷竊被判刑。四面傳來一陣陣的鼓掌與歡呼，而場中的苦刑犯也禮尚往來；這種現任苦刑犯與預科苦刑犯之間歡樂的交流，實在是一件很恐怖的事情。管理員以及那些被嚇壞了的好奇觀眾，他們代表了社會，能夠親臨現場，真是太棒了：看啊！犯罪不僅僅是直接的羞辱社會，就連這可怕的刑罰，都被它變成一個親朋好友的同樂會。

他們逐漸向前，被推進兩行警衛築出的人牆，走向鐵柵欄圍繞的小中庭去接受醫生的體檢。在那裡所有人都會再最後一試，說是眼睛痛，腳跛了或是手斷了……找些健康的理由當藉口好逃避上路。但幾乎人家最後都會認定他們去服苦刑絕沒問題；而他們每個也都無所謂的放棄了，幾分鐘後更就忘光了那些他們宣稱的纏身病痛。

小中庭的鐵門打開。一個警衛依照字母順序點名，他們一個接著一個的走進大中庭的一角；每個苦刑犯都有一個依姓氏字母隨機選出的同伴，倆倆排隊站立。就這樣，每個人都只剩下自己，每個人都與陌生人為伍，自己背著自己的鐵鎖鏈；而如果哪個苦刑犯原本還有個朋友，此時鐵鎖鏈迫使他們分離了。這是慘上加慘！

等大約三十多人出來後，鐵門又被關上。一個管理員拿著棒棍讓他們對齊，丟給每人一套粗麻布襯衫，外套與長褲；然後他做個手勢，大家就開始脫衣服。就在此時，一個始料未及的意外，將這些羞辱變成肉體折磨。

本來天氣都還不錯，而十月的陣陣寒風雖使得空氣冰涼，但也不時將滿天烏雲吹開，讓陽光透進來。但是當苦刑犯們才剛剛將身上破爛的囚衣剝下來，光溜溜的站著，在那些陌生的好奇觀眾注視下，讓警衛刻薄的檢查他們的肩膀烙印之時，天色突然轉黑，一陣秋天冰冷的豪雨突然爆發，雨水傾盆倒向中庭，打在苦刑犯光溜溜的腦袋、身體四肢上，也打在他們那攤在地面，悲哀的苦刑犯制服上。

才一眨眼的功夫，中庭裡只就剩下管理員和苦刑犯；那些巴黎來的好奇觀眾都躲到門邊的雨遮之下。

大雨像瀑布般落下；中庭裡，只見那些赤裸的苦刑犯以及淹沒地面的水流。原先喧鬧的胡話也轉變成一片哀淒的沉默。他們全身發抖，牙關打顫，他們饑瘦的雙腿，木瘤般的膝蓋相互撞擊。看他們往凍得發青的身軀套上那濕透的襯衣，那滴著雨水的外套與長褲，真是不忍卒睹。光溜溜的都也許好一點。

只有一個人，一個老頭，還能保持些許歡樂。他一邊拿濕襯衫抹身，一邊大叫：「節目單上沒有的耶，賺到了！」然後對著老天揮著拳頭，放聲大笑。

等所有人都換穿了上路的衣服，就每二十個或是三十個一隊的被帶到中庭的另一個角落。拉直的鐵索已經備好等著。這些鐵索是又粗又長的鏈條，兩尺為一節，有比較短的鏈條打橫相連。短鐵鍊的一頭都接著個有活動關節的正方形頸圈，可以打開到一個角度，而闔起來時可以用一個鐵螺絲鎖住，整個旅程都會銬在苦刑犯的脖子上。當這些鐵索在地上攤開時，看起來像極了一隻大魚骨頭。

苦刑犯坐在泥漿裡、坐在雨水淹沒的地上試戴頸圈；然後兩個苦刑隊的鐵匠，搬來了攜帶式的打鐵砧，拿著大鐵鎚冷冷的將頸圈敲緊。那真是恐怖時刻，就是最悍的角色也要臉色發白。每當鐵鎚惡狠狠的敲在砧上的時候，背抵著打鐵砧柱身的受刑人，他的下巴就會彈跳一下！隨便一個由前向後拉的動作都會讓他的頭顱像粒核桃殼般的跳動。

經過這般處置，他們都變得陰鬱了。再聽到的，就只有鐵鍊叮叮咚咚的聲音，間歇夾雜著一聲哀叫以及苦刑管理員拿棍棒打在反抗者身上的的悶響聲。有人哭了；有些老人全身發抖，緊咬嘴唇。我驚恐的看著這些戴著鐵製枷鎖，慘不忍睹的身影。

就這樣，在醫生檢查後，是警衛來搜身；警衛搜身後，上鐵具。這場表演就分三幕。

一道陽光重現。它彷彿將這些腦袋通通點燃；所有的苦刑犯像一起痙攣的動了一下，同時醒過來。那五條鐵索人龍手牽手的接在一起，突然間就繞著燈柱圍成一大圈。他們轉得讓人眼花撩亂，唱著苦刑的歌曲、黑話的情歌，那旋律時而哀怨，時而激憤而歡樂。偶爾還會聽到高亢的叫聲，破裂而急促的爆笑交雜著神祕的歌詞還有憤恨的讚頌。而那些鐵鍊發出規律撞擊聲的噪音，比那歌唱要好聽一點，堪稱是樂團伴奏。如果我想要一個群魔亂舞的畫面，眼前這不折不扣的就是了。

中庭當間搬來了個大盆子。警衛們拿棍棒打斷了苦刑犯的舞蹈，把他們帶到盆子邊。那盆子裡，不知什麼骯髒冒煙的湯汁裡漂著些不知哪種雜草。他們就吃起來了。

接著，吃過後，他們將剩下的湯跟硬麵包倒在地上，然後又開始載歌載舞。聽說上鐵枷的這個白天跟晚上，他們被允許有這個自由。

我懷著一種那麼貪婪、悸動、專注的好奇心觀看著這個奇異的表演，幾乎都要忘乎所以了！一種強烈悲憐的感受讓我打從肚腸覺得激動，而他們的歡笑讓我落淚。

突然之間，穿透我深深落入的臆想，我看見那嘶吼的大圓圈停住而且收聲。接著所有的目光都轉向我所在的這面窗戶。

「死刑犯！那個死刑犯！」他們全都大叫，一起指著我；歡樂的爆發成雙加倍。

我呆若木雞。

我不知道他們怎麼會知道我，又是如何認出我來的。

「早安！晚安！」他們用那殘酷的嘲諷對我大叫。其中一個比較年輕的，他被判終身苦刑，有張黑黑亮亮的臉，用個羨慕的眼神看著我說：「他很幸福！他就要被『喀嚓』了！永別啦，同學！」

我說不清楚心理是什麼滋味。我的確是他們的同學。格列夫是土倫的姊妹。我被排在比他們還低等……這麼說他們是抬舉我了。我全身顫抖了起來。

是的，他們的同學！再過個幾天，我也就可以，我，變成他們的娛樂節目。

我停在窗邊僵著，無法動彈，像癱了一樣。但是當我看到那五條鐵索向前，帶著那讓人心驚膽跳的直言不諱向我撲來；當我聽到他們的鐵鍊交錯不斷的響聲，他們的喧嘩，他們的腳步聲直逼牆角，我覺得這群惡魔就要踏平我可悲的牢房了；我大聲尖叫，我拼命衝向牢門想撞開它；但我無法遁逃。門栓從外面被鎖緊了。我發瘋似的掙扎，呼叫。接著我覺得苦刑犯那些可怕的聲音又再再逼近。我彷彿看到他們那些駭人的腦袋已經來到窗邊，我再度恐懼的大叫，接著就不省人事的暈了過去。

十四

當我甦醒過來時，已經是晚上了。我躺在一張病床上；天花板的燈籠搖晃，我看到兩邊並排的病床。我知道我是被送到醫務室來了。

我醒了一下子，沒有思想也沒有記憶，完全的享受躺在床上的幸福。的確，在從前，這種醫院與監獄的床會讓我退避三舍，覺得噁心而不忍；然而我已不是同一個人了。那灰色床單摸起來那麼粗糙，而被子又薄又破；還可以聞到床墊透出乾草的味道；但這都無所謂！我的四肢可以在這粗糙的床單、那麼薄的被子之間放鬆，我覺得那無時不在，刺進骨髓，恐怖的寒冷也漸漸消散……我又睡了過去。

一個巨大的響聲把我吵醒。還是清晨。聲音來自外頭，床就在窗邊，我坐了起來去看看怎麼回事。

窗戶正對著必賽特的大中庭，裡頭擠滿了人。人群當中，由兩列老兵勉強撐出一個狹窄的通道穿過中庭。在這兩行士兵中間，五部載滿人的長形板車，吃力的跨過每一顆石磚，緩慢的向前進。是那些苦刑犯上路了。

板車是沒頂的。每一條鐵索人龍坐一輛。苦刑犯背靠著背，分兩邊，沿著板車兩側邊緣坐著，主鎖鏈正好從板車中間穿過，末端立正站著一個荷槍實彈的管理員。他們的鐵鏈直撞出聲音；車子每晃動一下，他們的頭就跳一下，他們懸空的腳也搖一下。

一陣鋒利的細雨冰凍了空氣，打在他們的膝蓋，他們粗布的褲子上，褲子的灰也變成了黑。雨水順著他們的長鬚，他們的短髮流下；他們的臉色發紫；你看到他們全身發抖，牙關因著憤怒與寒冷打顫；除此之外，完全動彈不得。一旦被鎖上這鐵鏈，你就變成這可恥的，叫做鐵索的一部分。整條鐵索像是一個人行動。思想能力必須被揚棄；反正戴上那頸圈，思想能力也就被判了死刑。至於動物的本身，他只許在固定的時刻有需求及食慾。就這樣，他們動彈不得，多數人半裸著身子，光著頭懸著腳，開始那二十五天的旅程。擠在同樣的車上，而不管是在七月惡毒的太陽下還是在十一月的寒冷的雨水裡，都穿著一樣的衣服；簡直可以說有人希望讓老天爺來分攤劊子手的工作。

在人群與板車之間，交換著不知是哪種恐怖的對話：一邊是咒罵，另一邊是閒聊，兩邊中間還有詛咒；而當隊長下個號令，我就看到棍棒雨點般隨意的揮向板車，打在肩膀，打在頭上；接著一切都歸向表面的安靜，也就是我們所謂的「秩序」！但是那些眼睛裡滿滿都是恨，而那些悲慘的人的拳頭都在膝蓋上緊緊的握著。

那五部板車，由騎馬的軍警及步行的管理員押解著，逐漸從必賽特監獄高聳的拱門下遠去。還有第六部跟著，上面搖搖晃晃的是鍋具、銅製的碗盤及替換用的鐵鏈。幾個苦刑管理員在食堂裡耽擱了，跑著出來要追上他們的小隊。人群散去。整個表演像是幻術般的消失無蹤。車輪與馬蹄在楓丹白露（Fontainebleau）石磚路上粗重的響聲、鞭子的響聲、鐵鏈的撞擊聲以及人們詛咒苦刑犯上路的吼叫聲……這些都在空氣中一點一點的消逝。

對他們來說，這還都只是開頭！

那律師，他是怎麼跟我說的？終身苦刑！啊！對，不如死一千次！寧可是斷頭台也不要苦刑，寧可要毀滅也不要地獄；寧可將我的脖子送給吉右當[9]（Guillotin）的鍘刀，也不要苦刑犯的頸圈！終身苦刑，我的天啊！

9. Joseph Ignace Guillotin(1738-1814)。法國醫生與政治人物。1789 年擔任議員時主張以斷頭台作為所有極刑罪犯之處決方法；相對於過往因罪犯之階級身分不同而處死方法不同，他主張斷頭台的一體適用及迅速致死是一種人道的進步。法國於 1792 開始全面使用斷頭台，直到 1981 年廢除死刑為止。法文之「斷頭台」：Guillotine 是從其姓氏 Guillotin 轉借而來。

十五

不幸的是，我沒有生病。隔天就得出院，牢房又再回收我。

沒有生病！的確啊，我年輕，健康而結實。熱血在我的管脈裡自由流動；不論我怎麼樣任性奇想，四肢都可以隨心所欲；我的精神與身體一樣的強壯，有的是長壽的本錢……對，這些都是真的；然而我其實是病人，有了不治之症，一個世人親手調製的不治之症。

自從我打醫務室出來，我突然有一個尖銳的想法，一個要逼瘋我的想法：就是假使他們讓我留在病房，說不定我能有機會逃獄！這些醫生，這些個慈善為懷的修女們，他們顯得很關心我。「那麼年輕就死，又是這種死法！」……他們圍在床頭照料我時，會覺得他們是深深同情我的。算了吧！那只是好奇心！何況這些醫療人員可以治好你的發燒，但他們治不好死刑判決的。然而，那對他們是那麼簡單的事！一扇開著的門！這對他們能有多難呢？

如今一切都沒希望了！我的上訴必然會被駁回，因為一切都按部就班的做了：證人好好作證，辯護人都好好辯護，審判法官也好好審判了。我是不抱期望的，除非是……不！別傻了！不要再癡心妄想了！上訴，就像是將你吊在萬丈深淵之上的那條繩子，你會不停聽到它崩裂，直到它完全斷掉才算。簡直就像是讓斷頭台的鍘刀用長達六週的時間落下來。

要是我獲得特赦呢？我獲得特赦！？有誰？他為什麼？又要如何特赦我？他們是不可能讓我特赦！就像他們說的：這是殺一儆百！

我就只剩三步路要走了：必賽特，巴黎古監獄[10]，格列夫。

十六

待在醫務室的那幾個小時，我靠著窗邊坐，迎著那再度露臉的太陽，窗戶鐵柵欄還留給我的那一些太陽……

我在那兒，沈重的腦袋埋在雙手之間，不堪負荷的手，雙肘無力的靠在膝上，雙腳踩著椅子的橫木撐著……那打擊使得我整個人彎曲縮向自己，就彷彿我的四肢沒有骨頭、我的皮囊裡沒有肌肉一樣。

監獄那教人窒息的氣味更加的讓人無法呼吸，滿耳都還是那苦刑犯鐵鏈發出的噪音，我正承受著這必賽特監獄帶給人的精疲力盡。我覺得老天爺應該要可憐可憐我，至少讓隻小鳥過來，對著我，在屋頂

10. 巴黎古監獄（la Conciergerie）：位於巴黎市中心司法宮中。當年死刑犯在上斷頭台之前會先移送到這裡。

邊歌唱。

誰知道究竟是老天爺還是惡魔回應了我的祈禱；但就在幾乎同一時間我聽到窗戶下面揚起一個聲音；不是鳥叫，比那好多了，是一個十五歲女孩那純淨、清新、有如絲絨的聲音。我驚醒般的抬起頭，熱切專注的聆聽她唱的歌曲。那是一個緩慢而叫人憔悴的旋律，一種痛苦難過的哀鳴。歌詞是這樣的[11]：

C'est dans la rue du Mail

Où j'ai été coltigé

Maluré

Par trois coquins de railles,

Lirlonfa malurette,

Sur mes sique' ont foncé

Lirlonfa maluré.

聽到這兒，我因為失望所帶來的苦澀實在沒有言語可以形容。而那聲音繼續唱道：

---

11. 雨果對於監獄黑話及歌曲有相當的研究，在他的巨著《悲慘世界》的第四部中，有多處闡述監獄歌曲的故事及價值。這段歌詞，雨果同時代的讀者也似懂非懂，所以在下一段落雨果借故事主角之口做了些說明。譯者限於所知，難以找到十九世紀中文的監獄黑話來翻譯這段歌詞，所以保留原文，以符合上下文之閱讀情境。

Sur mes sique' ont foncé

Maluré.

Ils m'ont mis la tartouve,

Lirlonfa malurette,

Grand Meudon est aboulé,

Lirlonfa maluré.

Dans mon trimin rencontre,

Lirlonfa malurette,

Un peigre du quartier,

Lirlonfa maluré.

Un peigre du quartier,

Maluré.

-Va-t-en dire à ma largue,

Lirlonfa malurette,

Que je suis enfouraillé,

Lirlonfa maluré.

Ma largue tout en colère,

Lirlonfa malurette,

M'dit: Qu'as-tu donc morfilé?

Lirlonfa maluré.

M'dit: Qu'as-tu donc morfilé?

Maluré.

-J'ai fait suer un chêne,

Lirlonfa malurette,

Son auberg j'ai enganté,

Lirlonfa maluré.

Son auberg et sa toquante,

Lirlonfa malurette,

Et ses attach's de cés,

Lirlonfa maluré.

Et ses attach's de cés,

Maluré. –

Ma largu' part pour Versailles,

Lirlonfa malurette,

Aux pieds d'sa Majesté,

Lirlonfa maluré.

Elle lui fonce un babillard,

Lirlonfa malurette,

Pour m' faire défourrailler,

Lirlonfa maluré.

Pour m' fair' défourrailler,

Maluré.

–Ah: si j'en défourraille,

Lirlonfa malurette,

Ma largue j'enfilerai,

Lirlonfa maluré.

J'li ferai porter fontange,

Lirlonfa malurette,

Et souliers galuchés,

Lirlonfa maluré,

Et souliers galuchés,

Maluré.

Mais grand dabe qui s'fâche,

Lirlonfa malurette,

Dit: -Par mon caloquet,

Lirlonfa maluré,

J'li ferai danser une danse,

Lirlonfa malurette,

Où il n'y a pas de plancher,

Lirlonfa maluré. -

我沒有聽懂，也無法再聽下去。這駭人的悲歌，那一半明白、一半掩藏的意義；這個搶匪跟巡邏警衛間的對抗，還有他遇到一個小偷，請小偷帶話去給他的妻子，這個可怕的口信：我殺了人而且被捕了，*j'ai fait suer un chêne et je suis enfourraillé*；這個女人拿著一張陳情書趕到凡爾賽，這個「皇上」震怒而威脅要讓罪犯跳個「沒有地板的舞[12]」；而這一切是以一個最溫柔的旋律，可以由耳朵帶人進入夢鄉，那最甜美的聲音唱出來！……我完全的震驚、不知所措而崩潰。從這青春的朱唇中吐出那麼醜惡的歌詞，真是件叫人作嘔的事情。簡直像是在一朵玫瑰上那鼻涕蟲的黏液。

不知道要如何形容我的感受；我同時覺得被傷害，又覺得被撫慰。賊窟與苦刑犯專用的黑話，這種血腥又粗魯的語言，這醜陋的土語結合了那優雅的、介乎童音與成熟女聲的少女聲音！所有這些扭曲、惡聲惡狀的詞彙被歌唱，充滿韻律而字正腔圓。

啊！監獄真是個可恥的東西啊！它有種毒液，可以玷污全部。所有的東西都因而腐壞，連十五歲少女的歌曲也不例外！你看到一隻鳥，它翅膀卻沾著泥巴；你摘起一朵可愛的花朵，深深一聞：它是臭的。

---

12. la danse où il n'y a pas de plancher。黑話：處以吊刑。

十七

那，要是我逃獄呢？奔跑的穿過田地！

不行，不能跑！那會引人注目與懷疑。要反過來，抬頭挺胸，唱著歌兒慢慢的走。想辦法找一件藍底紅花的舊外套，那就完全融入了；附近所有的農夫都這麼穿。我知道在亞捷（Arcueil）附近的沼澤邊有個林子；唸國中的時候，每週四我和同學們都會到那裏去釣青蛙。我可以在那裡躲到晚上。

入夜後，我就繼續逃跑。往萬塞訥（Vincennes）跑。不行！那條河我過不去。我往阿爾帕容（Arpajon）跑……最好是沿著聖日耳曼（Saint-Germain）那邊跑到阿弗爾港（Havre），然後就上船去英國……

別做夢了！才僅僅跑到隆格瑞莫（Longjumeau），隨便一個軍警過來，要我拿出護照……我就完蛋了！

啊！做這什麼可悲的白日夢呢？！你得先有本事打穿這關著你的三尺厚牆啊！死吧！去死吧！

我不禁想到，第一次到必賽特監獄來，我還是個孩子，來參觀那座大井還有瘋子們！

十八

在我寫下這些東西時，我的燈漸漸黯淡；是外頭天亮了，教堂傳來六點的鐘聲。

這代表著什麼？……守衛的牢頭走進我的牢房，摘下帽子向我問好，說不好意思打擾我了，然後拿他那粗魯的嗓子盡力輕聲細語的問我，中午想吃些什麼……

我不由得全身發顫。難道就是今天了嗎？

十九

就是今天了！

典獄長親自來看我。他問我有什麼可以效勞，或可以幫忙的；還表達了請我別怪罪他或是他的下屬的希望。然後仔細的詢問我的健康狀態以及我晚上都做些什麼；要離開的時候，他稱呼我「先生」！

就是今天了！

二十

這個管理員不認為我會去怪罪他或是他的下屬。他是對的；我去怪罪他們就太惡劣了！他們奉公守法把我看得好好的；更何況他們從來到走都那麼彬彬有禮。我還能有什麼不高興的？

這個好人管理員，總帶著友善的笑容、體貼人的言語，他的眼睛關愛著、監視著；他那又粗又大的手……簡直就是監獄的化身，是必賽特監獄變成人形。我的周圍全都是監獄；我看到監獄用各種樣子出現，不管是化為人形、還是鐵柵欄、還是門鎖的形狀。這牆，是石頭的監獄；這門，是木頭的監獄；這些警衛，是肉體的監獄。監獄，是一種恐怖的全面存在，無法分割，一半是屋舍，一半是人形。我是她的獵物；她豢養著我，用她所有的糾結纏緊了我。把我關在她的巨石牆裡，把我綁牢在她的鐵鎖下，用她的警衛的眼睛盯緊著我。

啊！可憐的人！我會有什麼下場？他們還要怎麼對付我呢？

二十一

我總算平靜下來了。一切都完了，徹底完了。剛才典獄長來訪使得我五內俱焚，現在都過去了。因為，我承認，我原先還盼望著……現如今，謝天謝地，我不再盼了。

剛才又有這些事情：

在六點半鐘響，不對，是四十五分的時候，我牢房的門又被打開。走進來的是一個穿著棕色雙排扣大衣的白頭老者。他鬆開大衣，我看到袍子與領巾。是個教士。

這個教士不是監獄的神父；那個傢伙糟透了。

他帶著一個溫暖的笑容，面對我坐下；然後他搖搖頭，抬起眼睛向天上，也就是牢房的天花板看。我懂他的意思。

「孩子」他對我說，「您準備好了嗎？」

我微弱的聲音回答他：

「我沒有準備，但是可以了。」

此時我的視線開始恍惚，全身同時冒起冷汗；我感覺到太陽穴發脹，耳邊轟轟作響。

我在椅子上搖搖晃晃，像睡著一般；那老好人還是說個不停。我覺得應該是這樣，而且彷彿記得我看到他的嘴唇攪動著他的雙手舞動著他的眼睛閃爍著。

門又再次被打開。開鎖的響聲把我們、我的驚恐、及他的長篇大論，都打斷了！有個一身正式黑服的先生由典獄長陪著進來，他介紹了自己，跟我深深的行禮。這人的臉上帶著葬儀社雇員那種很正式的哀淒。他手上拿著一卷文書。

「先生」他帶著禮貌的笑容跟我說道，「我是巴黎皇家法庭的執達員。很榮幸的為您帶來檢察總長先生的一封書信。」

當下的震撼退了之後，我全部的理智都回過神來。

我回他說：「是檢察總長先生那麼迫不及待的要我的腦袋嗎？寫信給我？他太抬舉我了。希望我的死可以讓他非常開心啊！因為如果他那麼熱切的要我死，最後卻顯得無動於衷，這我可無法想像啊？！」

我說完了這些，然後用一個堅定的聲音繼續：

「宣讀吧！先生。」

他開始對我念一篇好長的文字，每個句尾都有抑揚頓挫，字字之間帶著謹慎。是我的上訴被駁回了。

念完那些，眼睛抬都不抬，還是盯著那蓋著大印的文書，他接著說：「今日就會在格列夫廣場執行判決。七點半，我們準時出發前往巴黎古監獄。親愛的先生，請您千萬得跟我走，好嗎？」

有好一會兒，我根本沒在聽他們說什麼。典獄長跟教士聊著天；他則緊盯著手上的文書。我看著那打開的門……啊！可恨啊！走廊站著四個荷槍的士兵。

執達員又問了一次，這回總算是看著我問。

「什麼時候都好。」我回他說。「隨您方便！」

他向我行禮說道：

「我很榮幸，半小時後再來接您。」

然後他們都走了，留我一個人。

給我個脫逃的辦法，老天爺！什麼辦法都好！我一定要逃走！我一定要！立刻！從門、從窗戶、從屋頂的木造結構！穿過木樑時可能會被刮下來幾塊肉，那也沒關係！

可惡啊！見鬼了！太不幸了！就是有合適的工具，要挖穿這牆也得要幾個月；而我連根釘子，連一個小時都沒有！

二十二

巴黎古監獄

現在我已經「移送」了，如同筆錄上寫的。

但這個旅途可以談一下。

執達員再次現身我牢房門前，七點半的鐘聲剛好響起。「先生，」他對我說：「我等您呢。」

太可惜了！他旁邊還有其他人。

我站起身來，踏出一步；接著我覺得頭重腳輕，第二步就邁不出去了。但我打起精神，用一種堅定的力量往前走。走出牢房之前，我最後再四處看了一眼。我喜歡我的牢房。而且，它現在空蕩蕩，門開著，讓這牢房有種特別的氣象。

空著，也不會太久。拿鑰匙的那人說，今晚就會有人來住；此刻重罪法庭正在製造一個新的死刑犯。

在長廊轉角處，監獄神父跟我們會合。他剛吃完早餐。

在監舍的出口，典獄長感情豐富的握著我的手，同時又添了四個老兵來加強押解陣容。

在醫務室門前，一個垂死的老頭對我叫道：再見啦！

我們走到中庭。我深呼吸，才覺得好一點。

這段露天的路不長。前庭停著一輛驛馬車，就是載我來的同一輛；那是一種長形的活頂車，分成兩截，中間隔著一片鐵柵欄，那鐵條像打毛線一樣密密麻麻的。

兩截車廂各有一個門，一個在車身前方，一個在後面。整輛車是那麼的髒，那麼黑，那麼佈滿塵土……跟它一比，拉窮人屍體的馬車看起來像是教會的禮車了！

把自己埋進這兩輪的墳墓之前，我又看了中庭一眼；是那種絕望到底，連高牆都應該為之崩塌的凝望。那中庭，就像個種著植物的小廣場，擠著比看苦刑犯時更多的觀眾。已經人山人海了！

跟鐵索人龍上路那天一模一樣，天上落下了季節雨。那冰冷的細雨在我書寫的此刻還下著，可能會下上一整天，到我死後都還在下……

路都被淹沒了，中庭滿滿是水與泥漿。我好笑的看著泥巴裡的人群。

我們上車；執達員，一個軍警坐上了前廂；神父，我，還有另一個軍警在後面車廂。車子周圍有四個騎馬的軍警。就這樣，不算車夫，八個人伺候我一個。

一個眼睛灰暗的老頭在我跨上車時說：「我覺得這比鐵索人龍還要好看！」

我懂！這是個可以一目了然的表演，欣賞起來比較輕鬆，當下就一覽無遺。精采程度相同，但簡潔多了。它不會讓你分心：全部就是一個人，而這一個人身上就揹著所有苦刑犯加起來的不幸，並且又不顯得瑣碎。像是醇厚的烈酒，滋味更是濃郁。

車子搖晃起來；穿過拱型大門時發出了一陣悶響，然後奔馳上了大馬路，留下必賽特監獄沈重的大鐵門緩緩關上。我因為恐懼而難以自己，有如一個陷入昏迷的人，既不能翻身也無法喊叫，聽任自己被埋進墳墓。我恍惚的聽到掛在驛馬脖子上的鈴鐺，像打嗝一樣有節奏的發出串串鈴聲；那包著鐵的車輪輾過石板路、或是切換車道時木箱碰撞的響聲；馬車周圍軍警快馬的馬蹄聲，車夫揮舞鞭子的拍裂聲……這些種種就像是漩渦一樣地將我捲了進去。

穿過我眼前那監視窗的鐵桿，我的目光機械式的停在那必賽特監獄外圍大門上方，鐫刻的幾個大字：「老年安寧病院」。

「嘿！」我對自己說：「有人可以在這活到老……在這裡耶！」

就像在半夢半醒之間，我不由得把這個念頭，在我那因為痛苦而遲鈍的腦子裡翻來覆去。突然，馬車從馬路換上大道，小窗戶看出去的視野不一樣了。進入眼簾的是藍色天空下聖母院的高塔，被巴黎的霧氣半遮掩著。當下，我腦子裡的視野也同時改變。我變成像車子一樣的機械：必賽特監獄的隨想之後，立刻切換成聖母院塔樓的隨想。我傻笑的對自己說：「到那天要是有人站到塔上那旗幟飄揚處，他可以看得很清楚。」

大概就是這個時候，神父又開始對著我說話。我任他慢條斯理的去說。我的耳畔已經有車輪、馬蹄、車夫的鞭子發出的響聲。多一個噪音不算什麼。

我安靜的聽著這單調乏味的言語流洩：它就像噴泉的呢喃一樣，鬆懈了我的思考；而它不斷的迎面過來，卻有如大馬路邊彎曲的大榆樹，看來形形色色，但終歸到頭還是同樣的東西。突然，坐在前座的執達員那短促顫抖的聲音傳來，倏忽驚動了我。

他用一種帶著歡樂的腔調說：「對了！院長先生，您有沒聽到什麼新的消息啊？」

他這是對著神父才轉過身來這麼說話。

但監獄神父還正對著我說個不停，同時車輛的噪音也讓他聽不見，所以他沒有回答。

「喂！喂！」執達員試著壓過車輪的噪音，提高音量又再喊：「這要命的車子！」

要命的！一點沒錯。

他又繼續：

「大概是車子晃的太厲害了，聽不見。我剛剛要說什麼？院長先生，好心幫幫忙，提醒我一下我剛剛要說什麼？啊！對啦，我想問您知不知道今天巴黎有沒有什麼大事發生？」

我全身發顫，彷彿他是在講我。

那神父總算聽到了，才回答道：「不知道耶！今早我根本沒時間看報紙；晚上我再看。每當我像這樣得忙上一整天的時候，我就讓門房先幫我把報紙收好，我等回去以後才看。」

執達員又說：「哎呀！您怎麼會不知道呢？巴黎的新聞！今天早上的新聞！」

我把話接過來：「我大概知道。」

執達員看著我。

「您知道！真的啊……那您說一下嘛？」

我對他說：「您很好奇呦！」

「這怎麼了嗎？先生。」執達員回我說：「每個人都有他的政治立場。我很尊重您，不相信您會沒有您的政治立場。在我來說，我絕對支持要恢復國民衛隊[13]。我是我們那一連的中士，我的天啊，那可是非常得意的事。」

我打斷他：

「我不認為今天的大事是這一件。」

「那麼是哪一件？您說您知道大新聞……」

「我說的是另一件，也是巴黎今天要張羅的。」

這笨蛋還聽不懂我說什麼；他的好奇心益發強烈。

「另一件大新聞？您都從什麼鬼地方知道這麼多消息啊？是哪一件啦？拜託告訴我，親愛的先生。您知不知道是哪件事啊？院長先生？您是不是比我多知道些什麼？跟我說嘛，求求您。到底是什麼事啊？跟你們說，我最愛聽新聞了。我都講這些新聞給我們庭長聽，他

---

13. 國民衛隊（la garde nationale），是 1789 年成立的民防組織。數度被解散。1828 年七月起法國國會開始辯論是否要恢復國民衛隊。

可愛聽了！」

真是廢話連篇。他輪流的轉頭對著那個神父和對著我講，我都只聳聳肩來回應他。

「所以呢……」他對我說：「您想的倒底是什麼事？」

「我想的是……」我回答：「到了今晚，我就永遠不用想了。」

「噢！您說這個啊……」他回道：「好了啦！您真是太憂鬱了！當初 Castaing 先生可是一直高談闊論。」

然後，安靜了一會兒，他又說：

「Papavoine 先生也是我解送的，他戴著個水獺的帽子，抽著雪茄。拉羅歇爾的那幾個年輕人，他們只肯彼此交談。但至少有說話。」

他又停了一下，然後接著說：

「那是些瘋子！一些狂熱份子！他們都一副瞧不起全世界的樣子。至於您呢……我真的覺得您想的太多了，年輕人。」

「年輕人！？」我對他說：「我比您還老呢！每過十五分鐘，就是讓我老了一歲。」

他轉過身來，帶著一種白痴一樣的訝異看我幾分鐘，然後開始捧腹嬉笑。

「拜託，您說笑是吧，比我還老！……我當您祖父都夠。」

「我並不想笑。」我沈重的回答他。

他打開他的煙盒：

「來吧！親愛的先生，不要生氣，用點鼻煙，不要再怨我了。」

「您不用怕；我要怨也沒多久了。」

這時候，他伸手拿給我的煙盒，碰到將我們隔開的鐵柱。車子一個顛簸，讓他打開的煙盒用力撞了一下，整個摔到軍警的腳邊。

「這該死的鐵窗！」執達員大叫。

他轉過來對我說：

「看啊！我是不是很倒楣，損失慘重啊！」

「我的損失比您大多了！」我笑著回他說。

他試著搶救起他的煙，口中念念有詞：

「損失比我大！說得那麼輕巧……這一路到巴黎都沒鼻煙吸！太慘了我！」

監獄神父對他說了幾句安慰的話，不知道是不是因為我心神不寧，但我覺得那像是我聽了開頭的循循善誘的下集。漸漸的變成教士與執達員相互聊起天來了；他們一旁聊他們的，我自己想著我的事情。

接近城門的時候，可能因為我還是心神不寧，但我覺得巴黎比起平常還要喧囂。

車子在收稅的關卡停了一會兒。城市的關稅人員檢查了一下。如果是一隻羊或是一頭牛要被送去屠宰場，就得落一袋錢給他們；但是一顆人頭就不課稅了。我們過關。

一過了大道，聖馬索（Saint-Marceau）區以及西堤島（la Cité）那彎彎曲曲歷經風霜的小路，繞來繞去，交錯縱横……簡直像是螞蟻窩裡幾千條的通道！馬車在上頭全速前進。跑在這些狹窄的石板路上，車子發出的響聲那麼巨大而急促，讓我聽不見外面其他的任何聲音。當我的雙眼透過方形小窗戶瞥向外面，覺得川流的行人好像都停下來看著車子、還有一群群小孩追在車後頭跑。又似乎不時看到，隨便哪個路口，就有那衣衫襤褸的男人、老太婆，或兩個人同時手上拿著一大疊印刷的新聞紙[14]；路過行人爭相閱讀，還都看得像要驚聲尖叫一樣嘴巴開開。

當我們抵達巴黎古監獄的中庭時，司法宮的大鐘正響起八點半的鐘聲。看到這寬大的階梯、這烏黑的聖堂、這些恐怖的牢門……就帶給我一陣寒意。當車子停下來的時候，我以為我的心跳也會同時停

14. 這些印刷品是當天死刑執行的號外。在後文第四十三回，死刑犯的小女兒手上捏著玩的就是一份號外。

止！

我振作起精神。車門迅雷不及掩耳地打開；我跳下這個帶輪子的牢房，然後我邁起大步，在兩列士兵間堅定的穿過拱型大門。我行經之處，圍觀民眾已經成群。

二十三

走在司法宮開放的拱廊間，我幾乎覺得是自由自在的；可是，他們在我跟前打開幾道矮門、幾個秘密的階梯、幾段室內的通道、幾條沉悶鬱塞的長廊……走過這些只有判人死刑或是被判死刑的人才會走的地方之後，我所有的勇氣也就都煙消雲散了。

執達員一直陪著我。神父先離開一下，兩小時後會回來。他有些事要料理。

我被帶到典獄長的辦公室，執達員將我交到他的手裡。禮尚往來：典獄長請執達員稍候一下，並解釋說他也有個「獵物」要交給執達員，這樣馬車要回去的時候就剛好可以帶到必賽特監獄。那可能就是今天宣判的死刑犯；他今晚應該就會去睡在那堆我睡過，還沒能有時間睡爛它的乾草上。

「沒問題！」執達員對典獄長說：「那我就等一下。我們可以把兩份公文一起弄一弄，這樣也省事。」

在這等候的時間，我被帶到典獄長辦公室旁邊的小房間；緊緊鎖上門，留我一個人待著。

不知道我都在想些什麼，也不知道我已經在那裡待了多久……突然間，一陣粗暴的狂笑把我從胡思亂想中驚醒！

我顫抖的抬頭看，牢裡已經不是只有我了。旁邊有個男人，一個大約五十五歲，中等身材的男人。滿臉皺紋、滄桑、灰白的毛髮；他的四肢粗短，灰暗的眼睛透著曖昧的目光，臉上掛著苦澀的笑容；髒兮兮的，一身幾乎不能蔽體的破衣服，光看就叫人噁心。

想來是在我不知不覺中，那門打開，把他吐進來，旋即又關上。要是死亡來臨也能像這樣，有多好！

那人與我，我們相互注視了幾秒鐘！他，繼續著那像是咆哮的大笑；我呢，又驚又怕。

我終於問他說：「你是什麼人？」

「好笑的問題。」他回道：「我是福利烏去（friauche）啦！」

「福利烏去！那是什麼意思？」

這個問題讓他更樂了。

在一陣大笑之間，他叫道：「意思是說，再過六個星期，苦窯就要拿我的腦袋瓜子去投籃啦！就是六個小時以後，他們要摘了你的瓢那樣啦！哈哈哈！你看起來終於懂了。」

真的，我變得蒼白，而我的頭髮都豎起來了。

他就是另一個死刑犯，今天的死刑犯；大家在必賽特監獄等著他，我的下一任。

他接著說：「不然怎樣？講我的故事給你聽好了。我老頭是個優秀的三隻手。可惜啊！有一天，劊子手叔叔，也不嫌麻煩，就幫他打個領帶送他回老家啦！那年頭，老天保佑，可還是吊刑當道呢！」

「六歲的時候，我就沒父沒母啦！夏天呢，大馬路上塵土飛揚，我在旁邊翻跟斗，看看驛馬車上會不會有人賞個幾毛錢，丟出窗來；冬天，我光著腳走在泥巴裡，一邊呵著凍得發紅的手指，大腿還露在破褲子外面。九歲的時候，我學會什麼叫雙手萬能；三不五時掏個口袋、幹他一件大衣。十歲的時候，我是個小毛賊。接著呢，我交了些好朋友；十七歲，我就晉級變盜匪啦！我給店鋪來個大搬家，我會打鑰匙闖空門。結果被逮了。我夠年紀了，就被送去苦窯敲石頭！」

「苦刑，那真是苦啊！睡在木板上，喝生水，吃黑鴉鴉的麵包，拖著一顆沒他媽屁用的鐵球；整天不是警棍打就是太陽烤。然後你頭髮就掉光；我本來一頭棕髮多漂亮啊……算了！反正我就是蹲了那麼久苦窯。十五年，絕望啊！頭髮拔也拔光了！我三十二歲，有天清早，他們給了我一張地圖，還有三十六法郎。我他媽一年做工十二個月，一個月做工三十天，一天做工六小時……十五年苦刑做下來就給我三十六法郎[15]！這都不管了，好歹我有三十六法郎；我是真的想好好做人；雖然穿的一身破爛衣服，但是我的心腸比穿神父袍子的還好勒！但是他們給我的是張下了咒的通行證！它是黃色的，上面寫著『苦刑出獄』。我到哪裡，都得拿這張給人看；到了他們規定我住的地方，每八天我得拿這個到市政府報到……」

「多棒的推薦信啊！一個苦刑犯！人見人怕啊，小孩們看到我就逃命，所有的門都關起來。沒有人願意給我工作。那三十六法郎讓我吃完了。接下來還是得活下去。我願意吃苦耐勞，但吃的總是閉門羹。我願意一天只拿十五塊、十塊、五塊。門都沒有。」

「怎麼辦？有一天，我真的餓了。我用手肘撞碎一個麵包店的玻

15. 當時工人一天的工錢大約是一到五法郎。

璃；我抓了一條麵包，麵包師父抓住了我。我沒吃到麵包，倒是弄了個終身苦刑，肩膀上被烙三個字母。你要的話，我可以給你看。這種了不起的公平正義，叫做『累犯』。我就這樣又二進宮回去苦刑，回土倫。這回可是一輩子不能翻身，我得逃。」

「想逃，也不過就是要挖穿三堵牆，弄斷兩條鐵鍊；而我手上只有一根釘子。但我成功的逃了。他們還發射信號彈；因為我們很特別，我們可是跟羅馬的大主教一樣，穿一身紅色的；所以我們跑的時候，他們就打信號彈。不過他們的火藥都白白去餵麻雀啦！這回呢，沒有黃色通行證，但也沒有錢。我遇到了一群蹲過苦窯或是一樣鋸斷鐵鍊的哥兒們。他們的頭兒讓我入伙；這幫人都是在大道上宰肥羊。我答應了，就開始靠殺人來過活。有時候是載客的車，有時候是驛馬車，有時候是騎馬的牛販子；我們搶錢，牲畜或車子就不管了，人就埋在樹下，注意腳不露出來就可以了；然後我們在這亂葬坑上面跳舞，這樣地面才不會看起來剛剛翻動過。我就這樣漸漸老了；在荊棘裡紮營，數星星睡覺，從一個森林被追到另一個森林……但起碼我是自由的，自己作主的。不過，凡事都有到頭的時候，都會輪到的啦。一個舒服的晚上，條子逮到我們了。其他的同學都閃了，我勒，最老的，就落在那些戴帽子的狗奴才手裡，被帶到這裡來。我是已經一階一階走到頂，就剩那一步了。這時候不管是偷條手帕還是殺一個人，對我都一樣是那最後一步啦；對付累犯的刑罰，也只剩一種可以讓我用，就是把我送去給劊子手料理。我的案子很快就了結。然後，我就是只等老掉的一個廢物。我老頭去了吊刑台盪鞦韆，我嘛，我是要去斷頭台剃頭。就這樣，兄弟！」

我像個呆子一樣聽他講。他又開始大笑，比開始的時候還誇張；然後他要握我的手，我害怕的往後退。

他對我說：「朋友，你看起來不是很勇敢耶。不要像隻被惡犬盯上的小猴子嘛！你要知道，登台掰掰的時候，會不太好過，但那就一下子而已！我是很樂意去示範給你看該怎麼死得有氣魄。老天作證，如果他們願意讓我今天跟你一起去剃頭，我就不上訴了我！神父一次服侍我們兩個；撿你用剩的我也沒差啦！你看，我這人不錯吧？喂，你覺得勒？做個好朋友吧！」

他又向我靠近了一步。

我把他推開，說：「先生，不用，謝謝您了！」

他又回我一串大笑。

「呦！呦！先生，您很高級是吧，您上流是吧。」

我打斷他：「朋友，我需要自己靜一靜，不要煩我！」

我話音的沈重，讓他突然楞了一下。他搖著那幾乎禿光的灰色腦袋，那身打開的襯衫露出毛茸茸的胸膛，他拿指甲邊摳著，邊說：

「我知道了。」他有點喃喃自語的說：「才剛說到那個念經的呢！」

然後，沉默了幾分鐘之後，他幾乎有點害羞的對我說：

「對了……您是上流人，真好；不過您那件高級雙排扣的大衣，大概也沒什麼用了！最後還不是歸劊子手。不如給我吧，我可以賣了它換點菸抽。」

我脫下我的雙排扣大衣給他；他雙手鼓掌，開心得跟小孩一樣。然後，看到我只穿襯衫，冷得發抖，他說：

「您會冷，先生，穿這件吧；外面下雨，您會濕透的。而且，坐板車的時候，也要稍微體面一點。」

一邊這麼說著，他一邊脫下他那件灰色羊毛的大外套，遞到我手上。我隨他去弄。

我整個人靠在牆上，說不清楚這個人到底給我什麼感覺。他開始檢查那件我給他的雙排扣大衣，不時的發出開心的讚嘆。

「口袋都是新的！領子也沒有磨損！我至少可以賣他十五法郎。太好運了！我六個星期都有菸抽了！」

此時門又開了；來帶我們兩人走：我，要被帶去那死刑犯倒數計時的房間；他，要被帶去必賽特監獄。他站在那些來押解他的警衛中間狂笑：

「喂喂喂……你們可別拉錯人噢！我們只是交換外套，這位先生跟我！但可不要把我認成他噢；要命的勒！這我可不願意，現在我可是有東西可以去買菸啦！」

二十四

這個邪惡的老頭，他把我的雙排扣大衣拿走了，我沒有要給他的！然後他硬把這件破布給我，他噁心的外套。我穿起還有個人樣嗎！？

我不是因為不在乎或是好心才讓他拿走我的雙排扣大衣，不是的！是因為他比我粗壯。要是我不給，他一定會用他的大拳頭狠狠打我。

最好是啦……好心！我多的是憤恨不平。我多想用我的雙手把他掐死，多想用我的雙腳把他踩碎！

我覺得我的心臟滿滿是怒火跟苦澀。我覺得我的膽囊裂開了。死，使人變得醜惡。

二十五

我被帶到一個只有四壁毫無長物的牢房。不用說，窗上有一條條的鐵柵，門是重重鎖上的。

我要了張桌子、椅子、還有紙筆。他們都給我了。

然後我跟他們要張床。牢頭用那覺得不可思議的眼神看我，像是問：「要那幹嘛？」

他們還是幫我架了一張行軍床在角落。但同時，一個軍警也進來坐在這所謂「我的房間」裡。怎麼了？他們難道怕我拿床墊勒死自己嗎？

二十六

已經十點了。

啊，我可憐的小女兒！再過六個小時，我就要死了！我會被當做汙穢的東西，被丟在大講堂冰冷的桌上。要拿石膏來印模的頭顱放一邊，做大體解剖用的身軀放另一邊。最後剩下的東西，丟進一口棺材裡，全都送去克拉馬墓園。

這些就是他們要對我，你的爸爸做的事；這些人都不恨我，都同情我，也都可以救我。而他們要殺死我。你明白這些嗎？瑪麗！冷血的殺死我，行禮如儀，為了大家好……啊！老天爺啊！

可憐的孩子！這麼愛你的爸爸；親吻你又白又香的小脖子、像撫著綢緞一樣一直摸著你髮絲、把你美麗的臉龐放在手裡、讓你在他膝蓋上蹦蹦跳跳、合起你的雙手向天主禱告的爸爸呀！

現在，誰來這樣照顧你呢？誰來愛護你呢？你的年紀的孩子們都有爸爸，只有你沒有。我的孩子，你要怎麼才能習慣沒有這些了呢？過新年的時候，那些壓歲錢、漂亮的小玩具、糖果還有親吻？可憐的孤兒啊，就是喝東西或吃東西，這種種的熟悉，你要怎麼才能忘懷呢？

啊！如果那些陪審員有看到，我美麗的小瑪麗！至少，他們就會明白不應該殺死一個三歲孩子的父親。

而等她長大了，假設她能活下來，她會變成什麼樣子呢？她的爸爸會是所有巴黎人民的一個記憶。她會因為我，或是我的名字而臉紅；她會因為我而被看輕，被排斥，被污衊，就因為這個用全心的溫柔來愛她的我……噢！我最心愛的小瑪麗！你真的會因為我而覺得羞恥覺得厭惡嗎？

我犯的罪，還有我讓社會犯下的罪……太悲哀了！

啊！是真的嗎？白日將盡之前，我就要死了。真的就是我嗎？從外面傳來沈悶的嘶吼聲，已經擠到了河邊的人潮，在營房裡準備出任務的軍警，穿著黑色袍子的神父，還有雙手鮮紅的另一個人，這些都是衝著我來的！我就是要死的那個！是我，就是在這裡活著的，會動會呼吸就坐在這張桌子前的同一我；而這張桌子，跟其他的桌子沒有兩樣，它也可以被擺在別的地方。是我，沒錯，這個我觸摸跟感覺的我，而現在我的衣服都被我捏皺了！

二十七

要是我先知道那個過程，知道在上面是怎麼死的，可能還好點！但是我不知道；這太恐怖了。

那個東西的名字就非常的可怕；我不懂，之前我怎麼有辦法書寫或是念出這個名字。

那十個字母的組合[16]，它們的樣子、形象就足以喚醒一種駭人的想像，可以說那個發明這東西的厄運醫生，他的姓名就註定要帶來厄運。

我可以從這個醜惡的字聯想的畫面，是很模糊，不清楚的，也因此更加殘酷。每一個音節，都像是機械的一個零件。我在腦子裡不斷的組裝又拆毀這個像怪物的木頭檯子。

我不敢往下去弄清楚；但是不知道那是什麼，不知道上去要怎麼辦，是很可怕的。好像上面有一塊活動板，讓你趴在上面…… 一啊！我的腦袋還沒掉下來，頭髮可能就全都白了。

16. 斷頭台的法文：guillotine。此名來自發明斷頭台的 Guillotin 醫生。

二十八

其實，我無意間看到過那個東西一次。

有一天上午，接近十一點的時候，我坐在車上經過格列夫廣場。突然，車子停住。

廣場上擠滿人。我從窗戶往外看。廣場上、河邊滿滿都是群眾；男男女女，小孩子們站在河堤上面。在人群的腦袋之上，可以遠遠看到三個工人正搭建一個紅色木頭的高台。

當天要處決一個死刑犯，而他們正在架起那機器。

我趕緊轉過頭，免得看見那個東西。在車子旁邊，有個女人對一個小孩說：

「嘿，你看！那個鍘刀落下時卡卡的，他們得要拿根蠟燭，潤滑一下軌道。」

今天，說不定他們也剛好進行到這裡。十一點的鐘聲剛剛響過。他們可能正好在潤滑軌道。

啊！這回，嗚呼哀哉，我可沒辦法轉過頭去了。

二十九

啊！特赦我！特赦我吧！可能會特赦我吧？國王跟我無冤無仇！讓人去叫我的律師！快，律師！判我苦刑，沒問題。五年的苦刑，然後一筆勾銷；二十年也可以，或者是終身，加上燒紅的烙鐵……但是請饒了我這條命啊！

苦刑犯，他至少還能走，他可以來來去去，他還看得到太陽。

三十

神父回來了。

他有一頭白髮，很溫柔的氣質，看起來就覺得善良而可敬；他也的確是一個很好很慈悲的人。今天早上，我還看到他把錢包所有的錢都給了那些囚犯。但是為什麼他的聲音沒有一點讓人感動，也沒顯出他的一點激動呢？為什麼他還沒說出任何東西，讓我在理智上，或者在情感上覺得打到心坎裡呢？

早上的時候，我心亂如麻。他跟我說什麼，我幾乎都沒聽到。而且我覺得他的話都是廢話，我完全無動於衷；那些好言相勸，就像打在冰凍的玻璃窗上那冷冷的雨水，滑了過去。

然而，在剛才，當他回到了我的身邊，他的眼神就讓我覺得慰藉。我對自己說，在那麼多人當中，他是唯一那個讓我覺得還是人的。我熱切的渴望他對我說些善良而安慰的話。

我們坐下來。他坐椅子上，我坐床上。他對我說：「孩子……」

單是這句話就讓我打開心房。他接著說：

「孩子，您相信上帝嗎？」

我回答：「我相信，神父。」

「您相信神聖的羅馬天主教會嗎？」

我回答他：「全心全意。」

「孩子，」他接著說：「但您顯得有些疑惑……」

然後他開始說了起來。他說了很久；講了很多很多的話；到了他覺得說完的時候，他站了起來；而打從他開始講道理以來，第一次，他看著我，問我說：

「您覺得呢？」

真的！我先是充滿渴望，然後變得專注，最後是很虔誠的聽他說完！

我也站了起來。

「先生，」我回答他：「請讓我靜一靜，謝謝您。」

他問我：「那我什麼時候再來？」

「我會讓您知道。」

就這樣，他走了出去；也沒生氣，不過搖了搖頭，彷彿是說：這個是不信神的！

不是的，我已經摔到那麼低下，我怎麼會不信神呢？上帝明鑒，我是信奉祂的。可是，這個老頭都跟我說了什麼？！就是沒有任何感受、任何悸動、沒有眼淚、沒有靈魂的震盪、沒有從他的心房通到我心房，沒有什麼是他自己要給我的……相反的，都是些空洞、沒有重點的、對什麼都適用、也對任何人都可以用的那些個東西；該要更深入的時候，只見他誇大；而該要他簡潔的時候，只覺得他枯燥無味；就是一個濫情的講道，一種神學的苦情詩歌吧！每過一會兒他就用拉丁文複誦一些拉丁引文，聖奧古斯丁 (Saint Augustin) 還是聖葛立郭耳 (Saint Grégoire) 吧？我哪曉得！而且他像是在複誦一個已經講了二十次的道理，一再重複那個因為太過熟悉，而在記憶裡已經不留痕跡的主題。沒有任何看著眼睛的注視，語音中沒有任何強調，手上也沒有任何動作……

只不過，我又如何能期望他不是這樣呢？這個教士是任職於監獄的神父。他的任務就是撫慰與講道，而且是靠著這個來過活的。苦刑犯、死刑犯都是他的美妙辭令的對象。他撫慰、協助他們，因為他有做這些事的責任。照料著這些人死去，也使得他自己老了。那些讓其他人膽寒的事，他早就都無動於衷了；他那一頭蒼蒼的白髮，早也豎不起來了；苦刑與斷頭台就是他每一天的例行公事，他早已經無感了！說不定他還有個筆記本，有幾頁是苦刑犯的，有幾頁是死刑犯的。前一天晚上，人家通知他說隔天幾點會有個人要他撫慰；他會問，是哪一種？苦刑犯還是死刑犯？溫習著筆記裡那幾頁，然後他就來了。如此一來，那些要去土倫的和那些要去格列夫廣場的對他就變得是同歸一處，而他也變成這兩種人都得同歸的那一處了。

啊！與其這樣，可不可以去最近的隨便一個教堂，幫我找一位年輕的代理神父或是一個老神父；他可能正是在火爐邊，悠悠哉哉的看著書；找到他，然後對他說：

「有個人就快死了，必須得是您去撫慰他。當他的手要被綁起來的時候，您得在那裡；他的頭髮要被剪掉的時候，您得在；請您帶著您的十字架與他一起坐上板車，幫他遮住劊子手；請您跟他一起在石板路上搖搖晃晃直到格列夫廣場；請您陪他穿過那群恐怖的嗜血民眾；請您在斷頭台下面親吻他，還請您要等在那裡直到他身首異處。」

如果是這樣，當他被帶來見我時，會難以自己，會是從頭到腳的顫抖；把我推到他的擁抱裡，跪在他的膝下；然後他會開始哭泣，我們會一起哭泣，這時他能句句打動我，我會被撫慰，我的心會在他的心裡軟化，而他引領我的靈魂，我會接納他的上帝。

反過來，這個好老頭，他對我算什麼？我對他又算是什麼？也就是那不幸的物種中的一個個體、一個他已經見過太多的陰影、在總執行數字裡要增加的一個單位。

也許我不應該這樣子拒他於千里之外，終究，他是好人我是壞人。只不過，這不是我的錯。是我那死刑犯的氣息就讓所有的東西摧毀腐敗。

剛剛送進來了食物；他們覺得我會需要。一桌精緻而且用心的菜，好像是有一隻雞，還有其他什麼的……好吧，我試著吃點；但才吃第一口，就全都從我嘴巴掉出來了，因為我覺得全都苦澀又酸臭。

三十一

進來了一個男的，頭上戴著帽子，對我視而不見，打開一把木頭摺疊尺就開始從下到上測量一塊塊壁上的石頭；用很大的聲音，一會兒嚷著：「這個對！」一會兒嚷著：「這個不對！」

我問一旁的軍警這是什麼人。聽他說是監獄雇用的助理建築師之類的。

另一頭，他對於我的情況的好奇也被勾了起來。跟陪他進來的牢頭低聲曖昧的幾句交談之後，他盯著我看了一下，顯得很無所謂的搖了搖頭，然後就又開始大聲嚷嚷的進行測量。

做完他的差事，他靠過來，用那洪亮的嗓門對我說：

「我的好朋友，六個月後這間牢房就會好得多了！」

而他的肢體動作好像是在補充說：

「您可沒機會享用，真可惜！」

他幾乎是面帶微笑的。我似乎還看到有那麼一瞬間，他打算很知己的糗我一下，有點像人家在新婚之夜糗新娘子一樣。

我的警衛，一個戴著軍階的老兵，負責回答。

他說：「先生，在一個死人的房間裡面不要講話那麼大聲。」

建築師走了。

我，楞在那裏，就像是他所測量的一顆石頭。

三十二

接著，我遇到一件荒唐至極的事。

那好心的老軍警被換走了；而忘恩負義又自私的我，甚至沒跟他握一下手。接替他的，是個印堂寫著憂鬱，睜著牛一樣的眼睛，滿臉蠢像的人。

其他部分，我根本沒去注意。我背對著門，在桌前坐下；我顧著拿手去清涼一下額頭，而我的思緒攪得我心神不寧。

肩膀被輕輕拍了一下，我轉過頭。是那新來的軍警，牢裡除了我就只有他了。

他跟我說的話，大概是這個樣子的。

「犯人啊，您心地好不好？」

我對他說：「不好！」

這麼粗暴的回答讓他有點慌了手腳。但他還是畏畏縮縮的接著說：

「人不會是為了自己開心才變兇狠的啦。」

「誰說不會？！」我回他說：「如果只是要講這些，就不要來煩我。您到底要幹嘛？」

「對不起啦，我的犯人，」他答道：「讓我講兩句就好。是這樣的，要是您可以讓一個可憐人幸福，而且您根本不必費一分功夫，您一定不會不願意吧？」

我聳聳肩說：

「您是從沙朗通（Charenton）[17] 過來的吧？找幸福找瘋了是嗎？我？我還能給人幸福？！」

他壓低聲音，故作神祕，那樣子跟那張笨臉完全不搭，說：

「沒錯，犯人，我會幸福，我可以有財富；但這些就都得靠您啦！您知道的，我是個窮警衛，每天做得要死，薪水就那麼一點點；我自己有匹馬，光養牠我就要破產了！所以呢，我就想靠樂透來補貼一下。但這東西還是要有竅門的。到目前為止呢，我就是都沒有對的號碼，不然就中了！我到處去找明牌，但每次都差那麼一點。我押

---

17. 當時在沙朗通有個大型的瘋人院

76，它就出 77。我真是貢獻了不少但什麼也沒撈到⋯⋯」

「請您忍耐一下，我快講完了！」

「現在不一樣了，我看到了個大好機會。抱歉啦，犯人，您應該是今天就要上路了。大家都知道像這樣被幹掉的死人，可以報樂透的明牌。答應我，您明天晚上一定要來；您沒有損失嘛！對不對！您一定要來給我明牌，三個數字就好，可以嗎？ — 您不用擔心，鬼魂我是不怕的。 — 這是我的地址，包柄庫（Popincourt）軍營，A 樓梯上去，26 號，就在走廊最裡面。您會認得我齁，沒問題吧？ — 今天晚上來也可以，看您方便啦⋯⋯」

要不是我靈光一閃，跑出一個瘋狂的妄想，我實在不屑去理會他，這個白痴。但處在我這極度絕望的狀態，某些時刻，你甚至會打算拿根頭髮去斬斷鐵鍊。

「這樣吧，」我用一個將死之人全部裝得出來的虛情假意對他說：「我是可以讓您變得跟國王一樣的富有，讓您中個幾百萬；但是，有一個條件！」

他那蠢蛋的眼睛睜得大大的。

「什麼條件？說，什麼條件？您說什麼都好！我的犯人啊！」

「不要說三個數字，我保證給你四個！只要你跟我換換衣服。」

「就這樣而已嗎？」他一邊歡呼一邊解開他制服上面的扣子。

我從椅子上站起身，看著他的每一個動作，心砰砰的跳。我彷彿看到在那套軍警制服前面，門一扇扇打開、中庭、街道、司法宮……都被我拋到身後。

然而他轉過身，露出一臉迷惘。

「不對耶，您這不是為了要從這裡溜出去吧？」

我當下就明白一切都毀了。不過我還是最後再試一試，管它有多無謂，管它有多不應該！

「只要換過來」我跟他說：「你就會家財萬貫……」

他打斷我：

「才不會勒！跟您說，我那些號碼！如果要真的明牌，您得先死掉才會有啊！」

我跌坐回椅子上，啞口無言，陷入比原來有的那些妄想還要深的絕望裡。

三十三

我閉上眼睛，將雙手蓋在上面，我想要遺忘，將當下遺忘在過往之中。在我的夢幻裡，童年與青春時的記憶一一浮現，那麼的溫柔、寧靜、歡笑……就好像從那正在我的腦袋裡肆虐的，晦暗與混亂的思想深淵中，浮出了一座座花團錦簇的島嶼。

我回到了童年，一個愛笑、純真的小學生。最初的幾個年頭，我總是跟哥哥弟弟們，在那個荒廢庭院的綠色大道上，玩耍、奔跑、喧鬧。那裡原是修女院廊柱環繞的內庭，聖寵谷教堂[18]（Val-de-Grâce）那鐵頭般的鉛灰色圓頂就豎立一旁。

然後，又過了四年，我又回到那裏。一樣還是個孩子，但已經充滿夢想與熱情。在孤單的庭院裡，有那麼一個女孩。

那西班牙女孩兒，好一雙大大的眼睛，好一頭秀髮，她棕色的皮膚黃金般的閃亮，紅紅的嘴唇與粉紅的臉頰，她是十四歲的安達路西亞女孩：琵琶！

我們的媽媽叫我們兩個去跑跑跳跳：我們卻是在漫步。

人家叫我們去玩耍，而我們卻是有說不完的話。我們是同齡的孩

---

18. 位於現今巴黎第五區，在歷史上曾是皇家教堂。法國大革命發生後，於 1793 年被改為軍醫院。

子，是異性。

其實，才一年之前，我們都還是一起奔跑，一起打打鬧鬧的。我跟小琵琶搶蘋果樹上最大的那顆蘋果，我為了一個鳥巢打她。她哭了，我還說：「活該！」然後我們兩個都跑去跟自己的媽媽告狀，而媽媽們總是大聲罵我們，小小聲的安慰。

現在，她倚著我的手臂，我覺得好驕傲又好激動。我們緩緩漫步，我們輕聲細語。她的手帕掉了，我幫她撿起來，兩隻手碰到時都觸電般的顫抖。她跟我說枝頭小鳥、說在那裡觀看的星子、在大樹後面豔紅的夕陽、或者說她在寄宿學校裡的女孩朋友們、說她的裙子與緞帶。我們聊著天真無邪的東西，而兩個人的臉都那麼羞紅。小女孩如今已經是青春少女。

那個晚上，那是個夏天的夜晚，我們在栗子樹下，在庭院的最深處。我們的漫步，有著許多無需言語的時刻，而在一段沉靜之後，她突然離開我的手臂，對我說：快跑！

此刻我還覺得歷歷在目，她為她祖母穿著孝服，一身黑色。她腦子突然冒出一個小孩的念頭，琵琶變成小琵琶，她跟我說：快跑！

然後她在我前面奔跑，她那纖細的蜂腰，她的小腳，那被揚到大腿上方的裙擺……我追，她躲；她奔跑如風，黑色的披肩不時飄起，讓我看到她棕色而細嫩的背。

我如癡如醉。我在已經坍塌的枯井邊追上她；我捉住她的腰帶，勝者為王，我讓她在草坪的長椅上坐下來；她沒有抵抗。她喘著氣，她笑。我，我很認真，我穿過她黑色的眼睛，凝視著她黑色的眸子。

「你坐下來！」她對我說：「天還很亮，我們來看書。你有帶書嗎？」

我帶著《斯帕拉捷遊記》[19]的第二冊。我隨便翻開一頁，坐靠近她；她把肩膀靠在我的肩膀上，我們開始各自低聲閱讀那同一頁。每次要翻頁以前，她總得要等我一下。我的腦子不像她的那麼靈敏。

「你看完了嗎？」她問。但其實我還在開頭的地方。

漸漸的我們的頭碰在一起，我們的頭髮交纏，我們的氣息也漸漸靠近，然後我們的唇倏忽找到對方。

當我們想要再重拾閱讀時，天上已經滿是星星。

回去後她說：「啊，媽媽！媽媽！你都不曉得我們跑了多遠！」

我，安安靜靜的。

我的母親對我說：「你怎麼都不說話？你看起來有點傷心耶。」

---

19. Lazzaro Spallanzani（1729-1799）。斯帕拉捷，十八世紀義大利學者。實驗生物學的建立者之一，在 Bologna 大學學法律，1769 成為 Pavia 大學的物理學教授。

其實我的心裡如在天堂。

那一個夜晚，我一輩子都不會忘記。

我一輩子！

三十四

鐘聲響了，但我不知道那是幾點，我沒辦法聽清楚鐘鎚。我覺得像是耳朵裡有管風琴的聲音；那其實是我最後的思緒在嗡嗡作響。

在這個從回憶中自省的極致時刻，我也充滿驚駭的想起我犯下的罪行；而我多麼希望還能夠繼續懺悔啊！在我被判死刑之前，我有著更多的內疚自責；判刑之後，只覺得死亡的想法就佔滿了所有的思緒。但其實，我多麼希望可以深深的懺悔。

回想此生過去的種種，那怕只是一分鐘，如夢似幻。但一回神要面對的竟是待會兒鍘刀落下，就要結束此生……我就會全身顫慄得不成人形。我美好的童年！我的花樣青春！金絲的布匹，展開的末端竟是鮮血淋淋。在彼時與現在之間，血流成河，有別人的血，有我的血。

如果哪天有人讀到我的故事，看完那麼多年的純真與幸福，他一定難以相信會有這窮凶惡極的一年，是以一個罪行開始，而以執行死刑結束；那看起來是多麼的難以連貫。

可恥的法律與可悲的人們啊，你們知道嗎，我不是個壞人！

啊！再過幾個小時我就要死了；而想想才一年以前，同樣的一天，我還是那麼自由與純真，秋天的散步，樹下的漫行，我走在落葉之上。

三十五

就在這同一時候，就在我周圍，那些圍繞著司法宮與格列夫廣場的住家裡，在巴黎四處，人們來來去去，聊天、歡笑、讀著報紙、想他們的生意；小販賣東西、年輕女孩準備著今晚舞會的裙子；還有媽媽們陪著孩子們玩。

三十六

我還記得小時候，有一天，我去看巴黎聖母院的大鐘。

爬上那陰暗的螺旋階梯、穿過兩座高塔間危危顫顫的走廊、居高臨下的俯視巴黎……當我走進那個吊著不知幾千斤重的大鐘與鐘鎚，那個石頭與木頭架構的籠樓裡面，我已經覺得暈頭轉向了。

我抖抖縮縮的在那透著隙縫的木板上前進，遠遠的看著這個在巴黎的人們與孩童間那麼赫赫有名的大鐘，心驚膽跳的發現我雙腳站的高度，旁邊就是那圍繞著鐘樓的斜面板岩雨遮。從這些斜面雨遮的間隙，我看到，可以說是鳥瞰著聖母院前面的廣場，那些螞蟻般的行人。

突然間，宏偉的鐘響起，巨大的震波攪動著空氣，讓沈重的高塔搖晃了起來。木板在樑上跳躍。那巨響幾乎要讓我翻倒。我搖搖晃晃的，就要跌跤、就要滑到那板岩的斜雨遮上。我嚇得趴倒在木板上，用我的雙臂緊緊抱住板子，不敢出聲，不敢吐氣，耳裡滿灌的是這神奇的鐘聲，眼裡是穿透深淵，看到遠遠地面的廣場上那些閒適而叫我羨慕的行人。

沒錯！此刻我彷彿覺得還身在鐘塔上。全然的頭昏眼花而天旋地轉；在我大腦的腦殼裡有一種鐘響般的聲音在震撼；而在我四周，我也只能夠從缺口的細縫間，遠遠的看著其他的人們還過著那平靜而安寧的生活，那我已經告別的生活。

三十七

巴黎市政廳是一座陰森的建築。

它那尖聳陡峭的屋頂、奇怪的鐘塔、巨大的白色時鐘、細瘦柱子的樓層、幾千個窗格、那些已經被踏壞的階梯、一左一右的拱門……它就在那裡，從格列夫廣場平平的連過去；晦暗、死氣沈沈、那被蒼老給摧殘的外表，漆黑得連在太陽下都一樣漆黑。

執行死刑的那天，它所有的門一起吐出軍警，它所有的窗戶一起看著那死刑犯。

然後到了晚上，它的大時鐘，指著時間，在一片晦暗的外牆上亮著光。

三十八

一點十五了。

這些是我現在正經歷的：

頭部感覺到劇烈的疼痛。腰部冰冷，前額燒燙。每當我要站起來或是彎腰，就覺得腦袋裡像是有什麼液體在翻騰，帶我的大腦用力去撞擊頭蓋骨。

我不由自主的顫抖，偶而，墨水筆就會像是被電流電一下，從我的雙手掉下來。

眼睛刺痛，像是被濃煙灼燒一樣。

手肘也痛。

再過兩個小時又四十五分鐘，我就會不藥而癒了！

三十九

他們說這沒什麼，說一點也不受苦，說這是種溫柔的結束，說這種死法是化繁為簡。

好！那麼這六個星期的煎熬、這一整天的垂死哀鳴又算是什麼？這無力回天的一整個白晝，過得那麼慢又那麼快，裡面的心焦如焚又算是什麼？這讓你走向斷頭台，這一步一步凌虐人的階梯又算是什麼？

也就是說這些都不叫受苦！？

然而，鮮血一滴一滴的流乾，或者是思想一縷一縷的幻滅，它們的結果難道不都是帶來一樣的休克痙攣嗎？

更何況，不會受苦，他們真的確定嗎？誰跟他們說的？可從沒聽說過一顆被割下來的腦袋，在籃子旁邊，血淋淋的立起來對著民眾大喊：「這一點也不會痛耶！」

難不成有那用他們的方法殺死的人回來道謝，對他們說：「真是個好發明！你們可以放心。它的機械運作很棒！」

羅伯斯比爾[20]（Robespierre）來說了嗎？路易十六[21]來說了嗎？

沒有，當然沒有！說不用一分鐘，不用一秒鐘，就解決了。他們都只憑空想像，從來沒有真在笨重的鍘刀落下來咬斷皮肉、切斷神經、剁碎頸椎的時候，去那裡設身處地……說什麼鬼話！半秒鐘！疼痛感就會消失……

恐怖啊！

四十

非常奇怪，我不斷的想到國王。儘管我想擺脫，儘管我搖頭，我

---

20. Maximilien François Marie Isidore de Robespierre 馬克西米連·法蘭索瓦·馬里·伊西多·德·羅伯斯比爾，簡稱羅伯斯比爾，法國大革命時期政治家。1794 年命喪斷頭台。

21. 路易十六（Louis XVI）是法國國王，於 1774 年－ 1792 年在位。1793 年命喪斷頭台。

的耳朵裡總是有那麼個聲音對我說：

「就在這同一個城市，同一個時間，就在不遠處，另一個宮殿裡，有一個人跟你一樣，在每個門口都有警衛守護著，有一個人跟你一樣在人群中顯得獨一無二，唯一的差別是他絕對的高高在上和你絕對的跌到谷底。他的一輩子，每分每秒都是榮耀、偉大、喜悅與歡樂。圍繞他的全都是敬愛與崇拜。那些說話大聲的人對他得輕聲細語，眼高於頂的在他面前打躬作揖。他張眼看到的都是絲帛與黃金。這個時間，他可能正在召開一個部長級會議，人人都唯命是從；也說不定是在計畫明天的打獵，或今晚的舞會，他知道宴會一定能準時開始，也放心讓其他人為他的喜悅去盡心盡力。但你知道嗎？！這個人其實跟你一樣是濁骨凡胎！ — 而要想讓那恐怖的斷頭台瞬間解體，要想恢復你的一切：生命、自由、財富、家庭⋯⋯需要的就只是他拿這隻筆，在一張紙的下方寫下他那七個字母的名字[22]，或者他的馬車來攔住你的板車 — 而且他人很好，也說不定他非常樂意這麼做！⋯⋯但是這一切就偏偏不會發生！」

22. 當時在位的國王是波旁復辟的 Charles X。

四十一

既然是這樣，讓我們勇敢迎接死亡，將這個恐怖的意念用雙手拿好，讓我們面對面去考慮它。讓我們來弄清楚它到底是什麼？知道它要我們什麼？將它從各個角度翻過來研究，讓我們解開它的謎團，讓我們預先看看躺在墳墓裡的樣子。

我猜想，待我的雙眼闔上之後，我會看到一大片的明亮以及許許多多的光穴，我的精神會在其中轉動不休。我猜想天空自己原本就會發出光亮，而所有的星球反而成為陰暗的班點；不是像活人的眼中所見那黑色絨布上點綴著金色的亮片，而像是在一塊金色的布匹上有著一個個黑點。

又或者，對那麼可悲的我，可能看到的會是個醜陋的深淵，它的壁面上佈滿魔鬼，我沒有盡頭的往下跌落，在陰暗中看到那些形體不停扭動。

又或者，當我事後醒來，我可能會身處一個平坦而潮溼的表面，在黑暗中爬行和自己翻滾著，就像一顆頭顱在滾動。我覺得好像會有強風推著我，而且我會不時的撞到其他滾動中的頭顱。在有些地方，有池塘或小溪，裡面是不知名而溫熱的液體；全都會是黑色的。當我的雙眼，滾來滾去，而正好滾到上方時，看到的只會是晦暗的天空，一層層遲滯厚重的壓下來，在那遙遠的底部，許多拱門正吐出比地獄還要黑暗的濃煙。還會看到的是夜空中盤旋著好多個紅色的小亮點，當他們靠近時，就化為一隻隻的火鳥。無盡的永恆全如這般。

也說不定，在某些特定的日子裡，那些格列夫廣場的死者都被冬季黑暗的夜晚召喚到這個屬於他們的廣場。那會是一整群蒼白而鮮血直流的人，我當然也不會缺席。天上不會有月亮，每個人都低聲說話。巴黎市政廳會在那裡：有那蟲蛀般的外牆，那碎片般的屋頂，還有它那對任何人都不留情的大時鐘。廣場上會有一個地獄來的斷頭台，由魔鬼來執行一個劊子手的死刑；那時會是清晨四點。換我們在四周當圍觀群眾。

說不定真的會是這樣。但是如果這些死者回來，他們會以什麼形狀回來呢？那些殘缺而肢解的身體，他們會要留下什麼呢？他們會選擇什麼？腦袋還是身軀，哪個是鬼魂呢？

嗚呼哀哉！死亡會怎麼處理我們的靈魂呢？它會留給靈魂什麼性質呢？它會給靈魂什麼？或是會拿走什麼呢？它會把靈魂放在哪裡？

它會不會偶爾借一雙肉眼讓靈魂去看看土地與哭泣呢？

啊！一個神父！一個懂得這些的神父！我要一個神父，還有一個可以親吻的十字架！

我的天啊！為什麼還是同一個呢？！

四十二

我請他讓我睡覺，然後我就跳上床去。

確實，我像是腦袋裡漲滿了血液，讓我沈沈睡去。像這樣的睡眠，這是我最後的一次了。

我做了個夢。

我夢到有一天晚上，我應該是跟兩三個朋友在我的書房裡，但不記得是誰了。

我的妻子睡在旁邊的臥房，和她的孩子一起睡著。

我和朋友們低聲交談，而說的東西讓我們都覺得害怕。

突然間，我似乎聽到從公寓其他房間某處的一個聲音。一個細微、怪異、難以辨別的聲音。

我的朋友們跟我都聽到了。我們仔細聽：那像是悶聲開鎖，像是小聲的鋸斷門栓的聲音。

這真的是可以讓人背脊發涼，我們非常害怕。我們想那可能是盜賊闖進我家，而夜已經那麼深了。

我們終於決定去一探究竟。我站起來，拿著一根蠟燭。我的朋友跟著我，一個接著一個。

我們穿過旁邊的臥房。我的妻子和她的孩子睡著。

然後我們走到客廳。什麼也沒有。紅色壁紙上那些肖像還是在他們的金色畫框中靜止不動。我好像覺得客廳通往餐廳的門不在平常的位置上。

我們走進餐廳；繞了一圈。我走在前面，通往樓梯的門是關好的，窗戶也一樣。走到火爐旁邊，我看到放桌巾的櫥櫃是開著的，那門被往牆角拉開，像是要遮住牆面一樣。

我嚇了一跳。我們猜想門後面躲了個人。

我伸手到門上要把櫥櫃關起來，門拉不動。我覺得奇怪，就更用力拉；門突然鬆開，然後我們發現一個小老太婆，垂著雙手，眼睛緊閉，一動也不動，站立著，像是黏在牆角上。

這個情境相當恐怖，我光是想到就毛骨悚然。

我問那老太婆：

「您在這幹嘛？」

她不回答。

我問她。

「您是什麼人？」

她不回話，動也不動，眼睛一直閉著。

我的朋友們說：

「她可能跟那些不懷好意的入侵者一夥兒的；其他人聽到我們過來都逃了，她來不及跑所以躲在這裡。」

我又再質問她，她還是不出聲，沒有動作，也不張眼看。

我們當中一人把她往地上推，她倒下來。

她直挺挺的倒下來，像一截木頭，像個死東西。

我們搖她的腳，然後兩個人將她扶起來，還是靠在牆上。她沒有一點生命跡象。我們朝她的耳朵大喊，她好像聾子一樣，依舊是不出一聲。

漸漸的，我們失去耐心，我們的恐懼裡夾雜著憤怒。我們當中一個人說：

「在她下巴下面放隻蠟燭燒。」

我將燒著的燭蕊放在她下巴下面。

然後她一隻眼睛睜開了一半；一隻空洞、混沌、嚇人，而且不看人的眼睛。

我將火拿開，說：

「啊！終於！可以回答我了嗎？老巫婆？你是誰？」

那隻眼睛又自己閉起來。

「這，太離譜了吧！」其他人說：「再拿蠟燭來！再來！一定要她講！」

我又把燭火放回老太婆下巴下面。

結果她就慢慢睜開雙眼，盯著我們一個一個看過去，然後猛然的低下頭，吹出一口冰凍的氣將蠟燭熄滅。同一時間，在黑暗中，我感覺到三顆尖銳的牙齒印在我的手上。

我驚醒，全身發抖，而且被冷汗濕透。

那個好人監獄神父坐在我的床腳邊，念著祈禱文。

我問他：「我睡很久了嗎？」

「孩子，您睡了一個小時。」他對我說：「他們將您的女兒帶來了。她在隔壁房間，等著您。是我要他們不要叫醒您的。」

我叫道：「啊！我的女兒，請讓我見我的女兒！」

四十三

她是那麼的稚嫩，像玫瑰般，她有雙大眼睛，她好美！

她穿著一件小小的洋裝，看起來更是漂亮。

我抱起她，抱在我懷裡，讓她坐在我腿上，我親吻她的頭髮。

為什麼她媽媽沒一起來？— 她的媽媽病了，跟她的外婆一樣病了。也好。

她帶著訝異的看著我；她任我疼她、抱她、不斷親吻她，又不時擔心害怕的看向她那在牆角哭泣的保姆。

好不容易我才能說出話來。

我說：「瑪麗！我的小瑪麗！」

我突然緊緊的將她抱住，靠在我因為嚎啕大哭而漲滿的胸膛。她發出小聲的尖叫。

她對我說：「啊！您弄痛我了，先生！」

先生！她上次看到我已是將近一年之前了，可憐的孩子。她已經忘了我了，忘了我的長相、話語、口音；何況加上這臉鬍子、這些衣服還有這身蒼白，有誰還能認得我呢？但怎麼可以？！在這唯一一個給我生存勇氣的腦海裡，我已經被抹滅了！這怎麼可能！？我已經不是父親了！我被懲罰不再有資格去聽到這個字，這個孩子語彙中的字，這個如此溫柔而在大人的語彙中無法保留的字：爸比！

殘酷的是，在他們即將奪走我四十年壽命的時候，我唯一的祈求，就是從這張小嘴裡，再一次，一次就好，聽到她叫我聲爸比。

「聽我說，瑪麗，」我將她的兩隻小手攏在我的雙手中，跟她說：「你不認得我了嗎？」

她用那美麗的雙眼看著我，回答說：

「不認得！」

「再看清楚點，」我又說：「怎麼會？你不知道我是誰？」

「我知道啊，」她說：「是一個先生。」

多可憐啊！全世界你只無怨無悔的愛這個人，全心全意的愛她，而她來到你面前，她來看你，看著你，跟你說話，回答你……但是她並不認得你！你只渴望她的撫慰；但卻只有她還不知道，你將要死去，你需要她的撫慰。

「瑪麗，」我再跟她說：「你有個爸比，對吧？」

「是的，先生。」她答道。

「那麼，他在哪裡呢？」

她抬起頭，一雙明眸帶著訝異。

「啊！您還不知道嗎？他死了。」

然後她嚇得驚叫，因為我差點讓她跌下去。

「死了！？」我問她：「瑪麗，你知道死了是什麼意思嗎？」

「我知道，先生，」她回答說：「他在土裡也在天上。」

她自顧接著說：

「我每天早晨跟晚上，都坐在媽麻膝上為他向仁慈的上帝祈禱。」

我親吻她的額頭。

「瑪麗，讓我聽你怎麼祈禱。」

「不可以啦，先生。白天不能夠祈禱！今天晚上到我們家來，那時候我就會祈禱了。」

夠了，真的夠了。我打斷她，說：

「瑪麗，我就是你的爸比。」

「啊！」她對我說。

我接著說：

「你希望我是你的爸比嗎？」

孩子轉過身子，說：

「不要！我的爸比要好看得多。」

我流著眼淚，不斷親吻她。她試著從我的擁抱掙脫，叫道：

「您的鬍子把我弄得好痛。」

然後，我讓她在我的膝上坐好，深情的凝視著她，接著我問她：

「瑪麗，你會認字嗎？」

「我會，」她說：「我會讀很多字呢。媽麻都教我讀我的信。」

「我們來試試，你讀給我看看。」我一邊說，一邊從她的小手上玩得皺皺的那疊紙裡，抽一張遞給她。

她搖了搖那美麗的臉龐。

「不行！我只會讀童話故事。」

「還是可以試試看嘛！來，讀看看。」

她把紙攤開，用她的指頭指著一個個字母，試著拼字：

「A，R, *ar*, R, E, T, *rêt*, ARRÊT...」[23]

我將那文件從她的手上搶走。她讀的是我的死刑判決。她的保姆買那一份只花了一塊錢。而我，我付出的代價可昂貴多了。

沒有任何言語可以形容我這時身受的痛苦。我的粗暴嚇著她，差一點要嚇哭了。突然間她對我說：

「把我的紙還給我！那是給我玩的。」

我把她抱回給保姆。

「帶她走吧。」

然後我跌坐回我的椅子，情滅、心死、絕望。這時候他們也該要來了；我也不再有任何依戀；我的心頭那最後一條纖維已經斷裂。他們要做什麼，我都無所謂了。

四十四

神父是好人，那個警衛也是。我想，當我請他們帶我的孩子過來

---

23. ARRÊT，判決書。

時，他們可能都還流下了一滴清淚。

這件事完畢了。現在，我該做的是讓自己動心忍性，死命的想著劊子手，想著板車、軍警、橋上的群眾、河邊的群眾、窗戶邊的群眾，想著那些專程為了我來的人，來到這個要命的格列夫廣場，這個砍下的人頭多到可以當地磚鋪滿它的廣場。

我大約還有一個小時來讓自己適應這些種種。

四十五

這一大群人會一起歡笑、拍手、鼓掌叫好。

然而在這些自由的、獄警們還不曾認識的、興高采烈地爭相來觀賞一場死刑執行的全部人當中，在這堆擠滿廣場的頭顱裡面，會有不只一顆腦袋註定要踏上我的後塵，遲早要掉進那紅色的籃子裡面。會有不只一個人，今日為我而來，將來得是為了自己而來。

對這些註定要死的人們來說，在這個格列夫廣場之上有一個特別的位置會是他們喪命之處，那是一個媚惑的中心，一個陷阱。他們在旁邊環繞徘徊，直到踩上去為止。

四十六

我的小瑪麗！

他們帶她回家去玩了；她透過馬車的窗子看著人群，不會再想到這個先生了。也許我還能有時間寫下幾頁留給她，好讓她有天可以讀到，好讓她在十五年後為今日落下眼淚。

對！應該由我來讓她知道我的故事，而且知道我留給她的姓氏滴著鮮血。

四十七

我的故事

編者註：我們找不到這個標題下面應有的那幾頁。也許如同後面幾頁所透露出來的，死刑犯最後沒有時間來書寫這些。當他想到要這麼做時已然太晚。

四十八

在巴黎市政廳的一個房間裡

巴黎市政廳裡！…… — 最後，我來到這裡。那窮兇極惡的路程走完。廣場就在眼前，窗戶下面恐怖的群眾呼嘯著，等著我，笑鬧著。

儘管剛才我要自己動心忍性，要自己無動於衷，但我的決心還是動搖了。當我在群眾腦袋的上方看到豎立在兩座河邊路燈之間的那個東西，它那末端都是黑色三角形的兩隻紅色長臂，我的決心動搖了。我要求做最後的申訴。我被帶這這裡，然後他們去找個皇家檢察官，我等候他。好歹多賺到了這些時間。

過程是這樣的：

三點鐘一響，有人來跟我說時候到了。我全身發抖！但明明這六個小時以來、這六個星期以來、這六個月以來我都沒想過其他的事情，而此刻它帶給我的反應卻全非我所能預料。

我被帶著穿過他們的走廊，走下他們的階梯。我被推進一樓的兩個小門中間，一個陰暗、狹窄、拱頂的廳房；在這個下雨又起霧的天氣裡，裡面也幾乎沒點燈。中間有一張椅子。他們要我坐下；我坐了下來。

靠近門邊和牆邊站著幾個人，除了神父和那些個警衛，另外還有三個人。頭一個，也是最高、最老而最臃腫的，有張紅通通的臉。他穿著一件雙排扣大衣，戴著一頂變形的三角帽。就是他。

就是他，那劊子手，斷頭台的手下。其他兩個人則是他的手下，給他使喚的。

一坐下，其他那兩個就從我後面，向貓一樣躡手躡腳的靠過來；而突然，在我的頭髮之間感覺到鋼鐵的冰寒，剪刀在我的耳邊咔吱咔吱作響。

我的頭髮，被胡亂的剪斷，一縷一縷的掉在我的肩膀上；那個戴著三角帽的人用他的大手輕輕的幫我將落髮撥掉。

外頭非常的吵，像是一陣波濤在空氣中攪動。我原來以為那是河流；可是，聽到那不時爆出的笑聲，我認出來了，是人群。

一個靠窗邊的年輕人，拿支鉛筆在書寫板上寫著，問當中的一個警衛現在進行的程序叫做什麼。

「犯人整理儀容。」另一個人回答。

我頓時明白這些明天都會上報。

突然其中的一個手下脫掉了我的外套，另一個抓起我垂著的雙手，把它們扳到我的背後；然後我感覺到一條繩索的繩結慢慢的纏繞在我緊靠的雙手上面。在此同時，另一個將我的領帶解開，我那上等亞麻的襯衫，昔日之我在我身上僅存的片縷，似乎讓他一時間有點猶豫；但他還是將領口剪開了。

處在這種膽寒的全身緊繃，當感覺到鋼剪觸碰到我的脖子時，我的手肘顫慄，我悶悶的發出一聲哀叫。

行刑者的手抖了一下。

「先生，」他對我說：「對不起！我是不是弄痛您了？」

這些劊子手真是非常溫柔的人。

外頭的群眾又更大聲的喊叫。

那個滿臉疙瘩的胖子要讓我聞一下沾著醋的手帕。

「謝謝，」我用我能發出的最堅毅的聲音對他說：「不需要；我覺得還好。」

然後其中一個彎下腰，用一條較細而較鬆的繩子將我的兩腳綁在一起；他留的長度讓我只能小步伐的行走。這條繩子的一頭又跟綁手的繫在一起。

接著那個胖子將我的外套披在我背上，將兩條袖子在我的下巴下面打個結。到此，該做的事都做完了。

這時神父就拿著他的十字架靠過來。

「走吧，孩子。」他對我說。

兩個手下攙著我的腋下。我站起來，往前走。我的步伐無力，歪歪倒倒，彷彿我每條腿上都有兩個膝關節一樣。

這時候，外面兩片對開的大門從中間完全打開。瞬時間群眾憤怒的呼嘯、冰冷的空氣以及白色的天光，一起朝站在暗處的我撲過來。從陰森的小門看出去，穿過雨滴，我一下子看見，那些沿著司法宮的大階梯層層疊疊擠在上面的民眾，那全部幾千顆嘶吼的腦袋；在右邊，門檻延伸過去的平地，排著一列軍警的馬匹；但透過低矮的小門我只能看到馬的前腳以及轡繩。正對面，一隊出特別任務的士兵。左邊看到的是一部板車的車尾，後面靠著一個很陡的梯子……這是拿監獄的門當畫框，裱褙出好一個醜惡的畫面。

我存下的勇氣，正是為了這個可憎的時刻。我走了三步，來到小門的門檻。

「出來了！出來了！」人群大叫：「他可終於出來了！」

離我最近的那些人用力的鼓掌。簡直可以說，再怎麼被愛戴的國王，也不會有這麼歡天喜地的迎接！

那是一部普通的板車，一匹瘦馬，車夫穿著藍底紅花的舊外套，跟必賽特監獄附近的農夫穿的一樣。

那個戴三角帽的胖子最先上車。

吊在鐵窗上的小孩們對他叫：「您好啊，桑松先生！」

一個手下跟著上去。

小孩們也對他喊：「幹得好啊，馬帝！」

他們兩個坐在前面的條凳上。

輪到我了。我帶著一種相當果斷的樣子上了車。

「他精神很好嘛！」警衛旁的一個女人這麼說。

這個殘酷的讚美給了我勇氣。神父上來坐在我旁邊。他們讓我坐在後面的條凳，背對著馬匹。

這最後的無微不至叫我發顫。

他們在這裡頭摻了人性。

我想看看我的四周。前面是軍警，後面也是軍警；接著是群眾、群眾、更多的群眾；整個廣場就是萬頭鑽動的大海。

一隊騎馬的軍警在司法宮的鐵柵欄門邊等著我。

軍官下了命令。板車和他的隊伍開始移動，看起來像是被黎民百姓的一聲呼嘯給推著向前的。

我們通過鐵柵欄。當板車要轉彎朝兌換橋（Pont-au-Change）走時，廣場上，從地面到屋頂都發出一陣呼嘯，而橋上與河岸邊也以一陣地動山搖來唱合。

等在那裡的馬隊也加入護衛的隊伍。

「脫帽！脫帽！」幾千張嘴一起大喊。「像跟國王致敬一樣。」

這時我，我也大聲笑得讓人害怕；我對神父說：

「他們脫帽，我脫腦袋。」

我們以緩慢的速度前進。

河濱花市飄著香氣；這天有市集。小販們丟下他們的花束來看我。

對面，在司法宮邊角的那座方塔前面一點，有幾家小酒館，他們的閣樓，全都擠滿了對他們的特別席非常滿意的觀眾，尤其是女士們。對酒館老闆們來說，這天收入必然可觀。

桌子、椅子、工作台、板車都有人在出租。販賣人血的市儈用吃奶的力氣叫賣：「有誰要好位子啊？」

我突然深深覺得被這些民眾激怒。我想對他們大喊：

「有人要我的位子嗎？」

板車繼續向前進。它每前進一步，後面的人群就會散開；而從我昏眩的雙眼可以看到，他們在我前進路線稍遠的其他點又聚集起來。

進入兌換橋，我不經意的看向右後方。我的視線停留在另一段河濱，房屋的上方，有一座黑色、孤立、佈滿雕塑的高塔；在塔的最高處，我看到兩個石頭怪物的側面坐像。也不知道為什麼，我問神父這個塔是什麼？

「屠宰場聖雅各伯（Saint-Jacques-la-Boucherie）。」劊子手回答說。

我不知道為什麼會這樣；在霧氣裡，儘管細白的雨絲像是在空氣中畫出一層蜘蛛網，我看到周邊的一切竟都鉅細靡遺。這些細節的每一個，都給我帶來折磨。而那些情感，卻非言語能形容。

到了兌換橋中間，這麼寬的橋竟擠得水洩不通，我們幾乎是寸步難行；我赫然被恐懼籠罩。我怕我會昏倒，我得留著最後一點面子！所以我勉強讓自己置身事外，什麼都看不見，什麼都聽不到；除了神父，他說的話我勉強去聽，但也一直被吵雜的閒言碎語打斷。

我拿過來，親吻他的十字架。

我說：「啊，我的天主，垂憐我吧！」

不斷的如此祈求，我希望讓自己冥想沈靜。

可是硬梆梆的板車每次跳動都要把我搖晃一下。忽然我覺得好冷。雨水已經濕透我的衣服，穿過我那被剪短的頭髮，我的頭皮上全是雨水。

神父問我：「您是冷得發抖了嗎？孩子。」

「是的！」我回答。

才不是！不只是因為冷而已……

在橋頭，看到我還那麼的年輕，有些女人發出了同情。

我們走上致命的河濱。我開始眼不能看，耳不能聽。這所有的聲音，這所有在窗戶、在門邊、在商店的鐵門杆、在路燈支架上的人頭；這些貪婪而殘酷的觀眾；這一大群個個都認識我，而我一個都不認識他們的群眾；這條用人臉鋪滿地面與牆上的道路……我暈醉、我癡顛、我不能自已。當這麼多注視的重量一起壓在你身上時，任誰也無法承受。

我在條凳上搖搖晃晃，也無法再去注意神父及他的十字架。

我被包覆在人群的喧嘩裡面，已經無法區辨同情的叫喊還是歡愉的叫喊、無法區辨笑鬧還是憐憫、無法區辨人聲與噪音；所有這些都是在我腦袋裡亂響的一陣閒言碎語，像是銅鐵的回聲。

我的眼睛不自覺的讀著商店的招牌。

某一剎那，有個怪異的好奇讓我想轉頭去看看我朝向什麼前進。那是理智在做最後的掙扎吧。但是身體可不依；我的脖子癱著不動，已經提前死去了。

我只能瞥見兩邊，在我左邊，河的那頭，是巴黎聖母院的一座高塔；從這裡看過去，它正好把另一座擋住。這座高塔正是旗幟飄揚那座。上面擠滿人，他們應該可以看得很清楚。

板車走啊走著，經過一間間商店，一個接著一個的招牌：用寫的、印的、描金的，而黎民百姓在泥濘中歡笑快舞，我只能任它去了，就像睡著的人只能任夢境發生一樣。

那一排佔據我的視野的商店，到了一個廣場的轉角赫然中斷；人群的聲音變得更大範圍、更加劇烈刺耳、又更加歡樂。板車急停下來，我差點要整張臉跌向車板。神父把我拉住。

「勇敢些！」他低聲說。

接著他們拿來一支梯子架在車後；他伸手扶了我一下，我下車，然後我走了一步，然後我轉身好走下一步，我做不到。就在河濱的兩座路燈之間，我看到了一個陰森恐怖的東西。

啊！這回是真的了！

我停下來，突然間就像是虛脫了一樣。

我軟弱的喊道：「我要做最後的申訴！」

他們就把我帶到這裡。

我請他們讓我寫下我最後的願望。他們鬆開我的手，但是繩子還在一旁，準備就緒，其他的東西都在下面等著。

四十九

有個人剛走了進來，他是法官？監察員？還是司法官？我分不清楚！我攏著我的雙手，雙膝跪爬向他，求他特赦我。他回問我，帶著致命的笑容，問我是否就只是要跟他說這些。

「我的特赦令！我的特赦令！」我繼續對他說：「要不然，求求您，再多等五分鐘！」

誰能知道呢？它可能就要送到了！我才這個年紀，這太可怕了，這樣就死去！最後一刻才送到的特赦令，這不是很常見嘛！？要是連我都不特赦，先生，那還有誰好特赦的呢？

這個窮兇極惡的劊子手！他靠近法官，說執行得要準時開始，預定的時間快到了，說這是他的責任；他還說，外面繼續下著雨，這樣恐怕會生鏽云云。

「喂！求求你們，再等一分鐘，等我的特赦令！不然我會抵抗，我會咬人！」

法官和劊子手走了出去，留下我一個人。

只剩我，還有警衛們！

啊！那些發出蠹狗吼叫聲的殘酷人群。— 誰說我一定不能躲過他們？誰說我一定不能得救？如果我的特赦令……他們絕不可能不特赦我啊！

啊！可悲的人們啊！我覺得好像有人上樓梯來了……

下午四點

後記

為了滿足對這類文學好奇的人們，在此，我們附錄了一首黑話歌曲及其相關註解。這是從死刑犯的手稿中找到的一張抄本，我們附錄的是包括它的拼寫、筆跡……完全的複製。字彙的註解，是死刑犯親手寫的；最後一段有兩句夾在兩行文字之間，看起來也是死刑犯的筆跡。其他，歌詞的部份是另一個人寫的。應該是受到這首歌的震撼，卻沒辦法完全記起來，死刑犯請會唱的人將歌曲寫下來給他。可能是哪一個獄警的書寫。

這件附錄唯一無法完全複製的是這個抄本的紙質；它是泛黃，汙穢，摺痕處有破損的。

C'est dans la rue du mail

ou j'ai été coltigé (1) maluré — (1) empoigné

par trois coquins de rail (2) lirlonfa malurette — (2) archers, obives ; gendarmes

sur mes sique ont foncé (3) lirlonfa maluré — (3) ils se sont jettés sur moi.

il mont mis la tartouve (4) lirlonfa malurette — (4) les menottes

grand meudon est aboulé (5) lirlonfa maluré — (5) le mouchard est arrivé.

dans mon trimin (6) rencontre lirlonfa malurette — (6) chemin

un peigre (7) du quartier lirlonfa maluré — (7) voleur

va t'en dire à ma largue (8) lirlonfa malurette — (8) ma femme

que je suis enfourraillé (9) lirlonfa maluré — (9) emprisonné

ma largue tout en colère lirlonfa malurette

Son sauberg j'ai en gante (12) lirlonfa malaré   (12) j'ai pris son argent

Son auberg et sa toquante (13) lirlonfa malurette   (13) sa montre

et les étaches de ses (14) lirlonfa maluréé   (14) ses boucles de souliers

ma largue part pour Versaille lirlonfa malurette

au pieds de sa majesté lirlonfa maluré

elle lui fonce en babillard (15) lirlonfa malurette   (15) elle lui présente un placet

pour me faire défourraillé lirlonfa maluré,

a si j'en défouraill lirlonfa malurette

ma largue j'entiferé (16) lirlonfa maluré   (16) je parerai, j'attiferai

je li feré porté fontange lirlonfa malurette

et des souliers galuché (17) lirlonfa malure   (17) à galoches

Mais grand dabe (18) qui s'fâche, lirlonfa malurette,   (18) le Roi

dit par mon caloquet (19) lirlonfa malure

je li fere danse une danse lirlonfa malurette   (19) ma couronne, mon chapeau

ou il ny a pas de planché lirlonfa maluré

翻譯與出版

死刑犯的最後一天

吳坤墉

1829 年 2 月 3 日，《死刑犯的最後一天》在法國出版。那年頭的習慣，出版社第一次印刷，就先同時印了第一版與第二版。在這最初的兩版，書上都不見作者的名字，但有一篇簡短的序，說這本書可能真的是某死刑犯的手稿，也可能是哪個思索者在良知驅策下的創作，要讀者隨自己喜歡去想像……

那年雨果 27 歲。妻子和他是青梅竹馬，為他生下三個漂亮的孩子。他也已經出版好些讓世人驚艷的劇本、詩集及小說，儼然就是文壇最耀眼的明日之星！

《死刑犯的最後一天》的寫作題材，勢必引起保守人士的抨擊。但是雨果在前二版時選擇匿名，卻非畏懼物議，而更像是一個精明的行銷策略。首先，因為「不知名作者的揭密或見證」是當時常見吸引讀者的出版手法，而前二版《死刑犯的最後一天》除了序言的故作懸疑，在書末還附錄了一張「黑話歌曲的手抄複製本」，讓這個行銷手法更有模有樣。

更重要的是第二點：當前二版成功問世之後，果然立即引來某些嚴厲的批評！於是在 1829 年 2 月 28 日印行第三與第四版時，不只作者的名字正式印在書本上，雨果更加了一篇序，其風格有如莫里哀（Molière）的諷刺喜劇，名為：關於一齣悲劇的喜劇 *Une comédie à propos d'une tragédie*。

這篇序，雨果將場景設定在一個貴婦的沙龍；一個無病呻吟的詩人朗誦完他的詩作後，主人與賓客附庸風雅的抒發對文風如何敗壞的感嘆。詩人不屑的說起那本新近流傳的小說，更是引起一段人心如何不古的同聲譴責！對話中出現的人物：胖瘦兩紳士、騎士、哲學家……等，其實是對《死刑犯的最後一天》攻擊最甚的一些書評與記者的滑稽形象！諷刺這些人物所顯露的顢頇，正是雨果對批評毫不客氣的直接反擊！

到了 1832 年 3 月印行第五版時，雨果又另寫了一篇序。這是一篇主張廢除死刑的運動宣言。他以相當長的篇幅，從批判社會與司法的角度，並引用了法哲學先驅：孟德斯鳩（Montesquieu）與貝卡里亞（Beccaria）等人之論點，力陳他為何反對死刑，並且主張應該立即廢除死刑。

在這篇長序中他以引述的方式，將第一版與第二版的那篇短序包含在內。而在全書中，也保留關於一齣悲劇的喜劇這篇第三與第四版中的序[*]。

雨果一輩子的奮鬥，在致力建立以捍衛自由、正義與人性為基礎，符合當代政治精神的社會與國家……而廢除死刑可以說是當中最為清晰而一致的主張。不論是做為藝術家、政治人物或社會良知的領袖，他利用了包括文學創作、國會推動及演說連署等種種方式，窮一輩子之力去呼籲、推動廢除死刑。《死刑犯的最後一天》的這前後三篇序，正好代表了雨果以不同聲調，對廢除死刑這個理想的持續追求。

※※※

我們這次出版《死刑犯的最後一天：法國文豪雨果 1829 年小說＋臺灣戲劇工作者陳以文 2015 年創作劇本 》時，決定只收錄最初兩版的短序。最主要的理由，在於這本書的精神是「藝術關懷社會」。

而不論是雨果的小說，或是陳以文的劇本，我們都希望讀者能盡可能純粹的去欣賞創作者的作品，去感受那藝術的經驗。

---

* 參見：Myriam Roman，*Le Dernier Jour d'un condamné de Victor Hugo*，Éd. Gallimard，2000，Paris。關於雨果及《死刑犯的最後一天》的分析與評論，這是一本深入淺出的專論。它也是本文的主要參考書。

※※※

小說《死刑犯的最後一天》是一篇浪漫主義文學的傑作。我們看到年輕的雨果毫不掩飾其文采的華麗，在小說的形式風格上是如此的別出心裁，而他表達的內涵又如此深刻而震撼！在小說中，死刑犯的生平、犯罪，雨果都不曾著墨；而且死刑犯不是冤獄誤判的受害者，自己也認為罪有應得；這時候，從動人心弦的文字中傾聽死刑犯的獨白，雨果是要讀者直視、認清死刑那凌虐、血腥與暴力的本質。而讓敏銳的心靈進一步去問：作為國家社會之主人的我們，是否也因此加入了那泯滅人性的陣容呢？

劇本《死刑犯的最後一天》創作於 2015 年，也在同年首演。在近幾年的台灣，關於死刑的議題，像是一桶火藥，任何一點星火就要引發一連串爆炸、就可以讓一些人的正義變成乖戾、讓憤怒變成叫囂！陳以文創作的這齣戲劇，卻能夠安靜，深刻而動人的去面對這個議題；劇中人物的語氣、人情事故是如此的台灣，讓我們覺得熟悉；但他創作的精神完全呼應了一百八十六年前的雨果，而展現了普世的人性關懷與道德思索。

※※※

如果將這本《死刑犯的最後一天》比成一張黑膠唱片，小說與劇本，是這張專輯的 Side A 與 Side B。而整個製作，是從十年前開始的。

那時是 2006 年，台灣開始「暫停死刑執行」。由於之前已經廢除死刑的各國，多半經過這樣一個暫停執行階段，來過渡到修法完成的正式廢除死刑，同時因為時任總統的陳水扁以其法務部長屢次重申「全面廢除死刑不只是世界潮流，也是中華民國努力的方向與目標」，再加上這個作法實施之後不僅治安沒有因此變壞，輿論也幾乎沒有反對意見……我當時以為，廢除死刑已經是台灣社會政治菁英及意見領袖的共識！因此在法與理之外，尤其應該著重人情與人性面相的討論。雨果的小說《死刑犯的最後一天》，因為其形式及內容的與眾不同及動人心弦，將有助於這些討論。我更認為僅是翻譯出版這部小說還且不夠；要是能夠節選改編為一個人演出的戲劇，那麼，只需三個人（演員，雜務及主持人）、一部車，就可以到全台的國、高中巡迴演出，演出後並帶動學生觀眾的討論，讓更多人可以關注思辨廢除死刑的問題。我將這個實在有點浪漫的想法告訴幾位從事戲劇工作的好朋友。沒有太多迴響。當時也不覺得著急，反正已經暫停死刑執行，凝聚社會大眾的意見本來也就需要很多時間……

但是到了 2010 年，當時的總統馬英九雖然也常強調「廢除死刑是長遠目標」，但其法務部長王清峰因反對死刑而請辭，新的部長曾勇夫上台不到兩個月就恢復死刑執行！前後 1585 天的「暫停死刑執行」中斷。在國內外人權團體的譴責聲中，也開始了這六年來台灣政府充滿矛盾、任意、激情的死刑執行模式。

也就是在那時我才發現，今日的台灣，只要稍微鼓動，那些屬於古代的報仇雪恨、那種威權國家要掩蓋其失職的手段，可以如何容易的從死刑執行的虛假正義中顯得理直氣壯。因此我決定要先出版卡繆的《思索斷頭台》。

當死刑之存廢尚且是一個意見極度對立的議題，當這個命題在我們的社會還不能夠被理性辯論時，我相信卡繆的這一篇文章，可以對於尚未形成意見的讀者提供一種思索的角度，甚至對於支持或反對廢除死刑的人，也可以做為檢視自己意見是否足夠深思熟慮的參照點。同書並收錄日內瓦大學張寧教授的「考論死刑」，希望能幫助讀者對於死刑有更全面、深入的了解；畢竟認識死刑、思索死刑之後，才能真正地支持或反對死刑。

而我也認為在台灣諸多討論死刑存廢的論述中，現代國家的角色混淆及其濫用死刑的危險，常常是被忽視的！所以 2012 年《思索斷頭台》出版時，我在封底寫道：

「卡繆是記者、作家、哲學家、諾貝爾獎得主……他更是一名鬥士，在其過短的一生中為理念而奮戰不懈，一個名副其實的公共知識分子 。他於 1957 年發表的 《思索斷頭台》已經是一篇經典 ：除了闡明死刑不是有效抑制犯罪的方法，並且比傳統社會的以牙還牙還要殘酷野蠻，尤有甚者，死刑還可能是讓國家、或者讓國家的掌權者將因其怠惰失職而養成的罪犯『毀屍滅跡』的手段。如果國家的暴力，託詞於一些理論與現實上都不能成立的理由，只是為了保護權位而殺戮，那麼民主，就必須是要對抗這樣的國家！」[**]

法國文人以「知識分子王」的崇高地位去批判應該揚棄的濫權宰制，試圖推動一個符合人道理想的社會國家，卡繆可說是承先啟後。而在他之前最重要的一位「知識分子王」，無疑就是雨果。

** 參見：卡繆著，石武耕譯《思索斷頭台》/< 附錄 張寧 / 考論死刑 > （無境文化出版，2012）

2015 年初，與「台灣廢除死刑推動聯盟」的林欣怡聊天時，我又想起了雨果的小說《死刑犯的最後一天》，當下和她說到我應該再想想出版這本書的可能。也就是那麼巧，隔天，我就收到陳以文傳來簡訊詢問：「你多年前跟我說到哪個法國文豪寫的，關於死刑的小說，你說可以改編為劇本的……是哪一本啊？」我將手上中國河北教育出版社 1998 年出版的雨果全集中收錄的《死囚末日記》借給他看。幾個月後，以文讓我看他受雨果啟發，所創作的第一稿《死刑犯的最後一天》劇本。

看著這個劇本從第一版到最後定稿，也看著它在思劇場的成功首演，我興奮的請以文讓我出版這個劇本。同一時間，我決定自己來新譯《死刑犯的最後一天》；希望能夠盡可能的傳達，我最初以法文閱讀這個傑作時的感動：那些在過往的幾個中文譯本中我找不到的感動。

最後的結果，如君所見。而作為出版者，我謹以這篇說明來記述這個美好的文學緣份。作為譯者，我只能惶恐的致歉：雨果一代文豪；我那期望「在中文中重現原文閱讀時的感動」的豪情，自然是力不從心的。

※※※

譯文於二〇二一年再版時有所修訂。

死刑犯的最後一天

陳以文

編劇

2015年創作劇本

靈感得自雨果

舞台劇

死刑犯的最後一天

每個人都被宣判了死刑，只是無限期緩刑而已。

如果知道是結束在這一天，

面對已然倒數的每分每秒，孤獨之中要怎麼跟自己道別？

被迫趴下，槍響之後的一切問題就煙消雲散了嗎？

目錄
contents

前言（二〇一六）

有位朋友帶孩子來看「死刑犯的最後一天」演出，之後孩子問她：「媽媽，為什麼我們要關心這些做了壞事的人？」朋友問我該怎麼回答。我向她孩子做了個比方：「如果你養了五隻貓咪，四隻都正常，其中一隻行為總是很異常，那麼你特別花時間關心這一隻，應該不算錯吧；同樣，五個孩子，四個都正常發展，而其中一位總是行為異常，他們的媽媽多花時間關心比較異常的孩子，應該也算正常吧。在社會中有少數人的行為讓人擔心，那麼人們關心他們，應該也正常吧。」

為了「呈現戲劇」所以寫劇本，再透過演員洞悉人物投身表演，傳達劇本要講的故事。過往我的劇本多半是為了拍電影而寫，這次我是為了要表演某位特定人物而寫。

我的戲劇創作動力根植於「人物」，而人物表達的直接方式是「表演」，在密集接觸、反思表演的同時，萌生了這次編寫舞台劇劇本的念頭，也讓自己

透過表演藝術呈現我所體悟觀察、有感而生的特定人物。二〇一五年，在我探索「受困監獄」這樣的人物時，想起十年前好友吳坤墉曾提起、而我始終沒機會看的雨果小說「Le Dernier jour d'un condamné」（註：繁體中譯本與此劇本同時出版），告知坤墉後他興奮地提到兩天前剛巧又拿出這本書來看。讚歎巧合之餘，隔天他把小說交給我，之後，引發了我寫這齣關於死刑犯面對倒數人生的舞台劇。

我以台灣的背景創作劇本，閱讀死刑相關的法案、故事以觀察體會，面對高度緊繃的生死議題，習慣了用每天特定、有限的時間寫作或閱讀，避免心情過於沉重而無法負荷。過程中，感覺到大環境對此議題理性思考的不足，不易以議題方式探討或呈現，所以劇本故事最後決定保留雨果的精神——聚焦於死刑犯在遭遇什麼、感受什麼，傳達被判死刑後生命走到末日的心情，而不是藉故事分析死刑存廢的觀點。

複雜的死刑議題，暫時無法依賴一齣戲提供答案，但至少我們能透過戲劇人物，讓人們對自身生命有關的意識提高，給這個議題一個被靜靜思考的空間，期望在五年後、十年後、甚至十五年、二十年後，另一世代有更清明細密的意

識去判斷這個複雜的議題。

舞台劇【死刑犯的最後一天】二〇一五年十月八至十一日在「思劇場」首次公演七場，隨即受高雄春天藝術節邀請，二〇一六年五月二十七至二十九日在高雄駁二「正港小劇場」公演四場。這齣戲由張哲龍導演，我、朱芷瑩、黃建豪三位演員演出，呈現蒼涼無奈的氛圍下、生命被推上最後百步路時無助而荒謬的悲歌。

二〇一五年首演．編劇感言——

我問自己如果我走進劇場想得到什麼？我想……感受上期望它與我有關，印象裡能令我深深難忘，同時能賦予我更廣的思考……，這些都是我想要的。過往我的劇本多半是為了拍電影而寫，今年1月，友人大力推薦雨果小說「Le Dernier jour d'un condamné」（死刑犯的最後一天），引發我著手寫一齣關於「死刑犯面對倒數人生」的舞台戲劇。受法國文豪一百八十多年前作品的啟發，期望在符合文學感的基礎上編寫以現今台灣人為背景的劇本。「死刑犯的最後一

天」不是讓觀眾感到親切喜悅的劇名，不是嬉戲、耍弄、博君一笑的話題，而是聽來有些嚴肅、深沉的觀點，這些都不是現今吸引人潮的娛樂氣氛。我告訴自己「認真寫出自己喜歡的故事，它應該會吸引一樣喜歡這個故事的人。」如果你聽過劇名、看過海報、讀過簡介、又坐進了觀眾席，那你一定也是我想向你認真呈現這齣戲劇的最佳對象。

二〇一五年首演．我的演出感言——

對我而言，藉由表演去經歷感受「最後一天」的日子，給自己面對生命存在意義時更謙卑的思考。

常有人用「如果今天是你生命的最後一天，你要做什麼？」來表達一種活在當下的生命觀，但真正有機會如此體會、實踐的又有幾人？此次我演繹的「死刑犯」角色，正是活在這樣的生命處境中。遭判死刑的待死受刑人，每天監獄燈暗（代表今天不會再執行槍決了）知道自己能再活一天的心情，成了他認真過好每一天的宿命，哪怕這一天也只能嚮往再一次散散步、淋淋雨，或思念他

放不下的家人⋯⋯，一天能做的事即便很少，卻真切深刻活在了當下。

透過劇中人物的遭遇也讓我認知每一樁悲劇的背後，因情感牽連而要面臨生活停擺錯亂的相關人比我以為的範圍更大、人數更多。聰明又富有理性的人類，不該只是痛恨地叫囂發洩，更應該努力探尋悲劇發生的緣由和可能避免的方法。

再版簡序（二〇二一）

很感念在暢銷排名充斥的時代，我們仍有機會在題材冷門、不吸引目光就被否定的既定印象裡，不經意發現以為不存在的那一群人，那所謂小眾的「眾」，那些與我們腦波對得上、思考著相似事情的人群。就像《死刑犯的最後一天》這齣舞台劇在當初搬演之前，我們也難以期盼有這麼多觀眾走進劇場來細心關注我們的演出。也許這正是那些燦爛耀眼、盛大知名以外，讓我們更相信有些觀念的溝通是需要溫和、緩慢、持之以恆，而不讓它如煙花般即時、吸睛、卻短暫消逝。

以呈現人物、編寫故事出發的我，當時思考這樣的冷門題材，不易透過大型製作的方式呈現，「小劇場」似乎是必然的規模，因此劇本構思舖排情節和順序時，希望九位必要人物能透過劇場燈暗、燈亮的上下場，以三位演員擔綱的方式靈活運行，把包容真實、虛構及不同時空交錯的劇場特性發揮出來，當然若要以九位演員來呈現，也能展現它蘊含的細緻動人。劇本寫作過程碰觸到死刑的社會議題，劇場公演時，閱聽眾細心感受戲劇後，再以不同面向反思議

題，誠心回饋他們的觀戲體驗。然而我對作品最強烈有感的，依然還是回歸到原始寫作過程中的人物——「一個被宣判死刑、自由受到限制的人在經歷怎樣的生活。」在死刑宣判定讞後到下達執行令的期間，基於不同的情感、情緒或現實需求，少數「決定來探望他的那些人在面臨什麼。」

這齣舞台戲劇從二〇一五至二〇一七年三次公演至今，我持續思考是否讓這齣戲以另一種形式在舞台上呈現，同時也重新編寫著相似遭遇、不同人物故事的電影劇本，或推動再有第四次、第五次的公演。這些進行中的計畫都需要我更長時間投入、更多認同這個內容的人群力量才足以成形。或許二〇二一年，這本書籍的再版，又是協同我奮力向前的一股氣力。這次再版調整了少部分的對白句子，也大概就是我這種經驗不足的寫作者，往往只要有機會改稿時，就機車的修整一些語句，總以為這樣能為自己的創作多加幾分（也搞不好是扣幾分）。但不管如何，有幸成為一位創作者也就不免在這多加幾分或扣幾分之間不停的劉力前行。

若你有緣讀完這個劇本，一定是你跟我們一樣願意關注一些群眾打不起興趣的議題；若你也喜歡這個劇本，絕對相信你早已擁有獨特的人生，也請繼續為你的人生加分；若是你讀完了不喜歡，那麼下次大改版，拜託你新版再讀一次。

舞台劇

死刑犯的最後一天

編劇　陳以文

人物：

死刑犯

朋友

妻子

公務員

獄警

鬼魅般的老慣犯

老母親

法警

被害人家屬

另外：

（女兒糖糖的預錄畫面）

（一群少女們打油詩的預錄聲音）

劇情發生地位於太平洋西邊的小島「台灣」。

第1場／囚房一／人物：死刑犯

（音樂起，一段悠長的音樂，音樂緩緩結束）

（舞台上音效漸出，燈光漸亮）

囚房內圍著鐵欄杆，厚實的鐵門內死刑犯在獨居牢房裡來回踱步、他的手銬和腳鐐發出金屬磨擦的聲音，囚房的遠處傳來嚎叫聲。

（死刑犯的上述行為，被攝影機同步呈現在投影螢幕上）

（燈光漸暗，黑暗停頓一會兒，音效出，燈光亮起）

武裝人員經過囚房走道的聲音，遠處是重物敲打鐵欄杆的雜音，巨大厚重的鐵門開門碰撞聲一道道持續。

昏暗的光線下，死刑犯縮在囚房的角落背對觀眾趴著，腳鐐已經被取下，但腳踝上有明顯的傷痕。

遠處不同的哭嚎聲一陣陣襲來。

死刑犯起身換上新衣服，他等著是不是有人要來帶他走，面對已知和未知的恐

慌，他在不安中試圖振作自己，他踱步徘徊、又坐下平撫心情，偶爾望向鐵欄杆外看看有沒有人過來，他重覆著踱步徘徊又坐下的不安行為……。

四周雜亂離去的腳步聲之後。……漸漸的，安靜了下來。

死刑犯沉靜了許久，帶著一種不知道該是失望還是欣慰的心情，又把新衣服脫下來摺好，穿回舊衣服。

他無奈地坐回地上，他緩和自己，又慢慢躺了下去。

（死刑犯的上述行為，被攝影機同步呈現在投影螢幕上）

（燈光漸暗）

第2場／會談室／人物：死刑犯、朋友

（燈光漸亮，囚房前的下舞台，光線在地面框出一塊區域）
（四方型的光區被分隔成兩種顏色的光、各自放了一張椅子）

死刑犯和探望他的朋友坐在不同的椅子上，死刑犯銬著手銬、面對空無的遠處沒看他朋友。

朋友一直難過地流著淚，兩人沉默著，其間朋友一直歎氣，似乎彼此都感受著這個無奈而詭異莫名的道別時刻。

許久都說不出什麼話，死刑犯勉強打破沉默。

死刑犯：店都搬好了吧！

朋　友：（擦掉眼淚）差不多了，剩一點東西。

死刑犯：（停頓）你爸有沒有好一點？

朋　友：差不多就那個樣子。（停頓）上禮拜比較誇張，走到鄰居公寓大樓，拿鑰匙開人家的門，還一直按電鈴，弄到鄰居跑來店裡求助。

死刑犯：你妹沒把他顧好？

朋　友：沒辦法，有時候他吵著要出去，我妹也攔不住。剛開始還會跟在後面顧一下，看他會不會亂走、過馬路有沒有等紅綠燈……，後來久了，也沒辦法說每次都顧到，她在店裡也很忙。（停頓）難就難在他有時候正常，有時候突然就「秀斗」了，有一次用頭去撞停在路邊的汽車。

死刑犯：（歎氣）啊！……不容易。

朋　友：我妹氣得要抓狂了，幫他買一頂安全帽，規定他出門要戴著。

兩人一陣沉默。

死刑犯：那他按人家電鈴幹嘛？

朋　友：什麼？

死刑犯：你說你爸跑去鄰居家一直按電鈴……

朋　友：喔。他鑰匙開門打不開！就拼命按啊！（停頓）廢話！就不是你家的門鑰匙怎麼打得開？

死刑犯突然哼了一聲笑出來，朋友也忘記了難過。

朋　友：還指著人家鼻子罵、說人家把門鎖換了沒告訴他！

死刑犯：（搖搖頭）他戴著安全帽嗎？

朋　友：嗯，全罩式的。

死刑犯噗哧一聲又笑了起來，他莫名的笑著，因為想像人生那個荒謬可笑的瞬間而讓他大笑不止。

朋　友：整個臉罩住……（台語）黑抹抹！

死刑犯笑著，他想壓抑，但還是想笑。

朋　友：鄰居差點報警！

死刑犯：（壓住笑）為什麼？

朋　友：媽的，一個戴全罩安全帽、不認識的人在你家門口要開門……幹！你不怕喔。

死刑犯又一發不可收拾地大笑，朋友看著他也被他的笑感染，開始跟著笑，他們笑了一會兒，眼眶都泛著大笑的淚。

笑意正要停下來，朋友故意做了一個假裝用鑰匙開門的動作，死刑犯又一波大笑，兩人忍不住一起笑著。

他們笑到終於笑完了，眼眶裡的淚也不知是喜還是悲。他們擦著眼淚，又陷入一次長長的沉默。

朋友還想再逗死刑犯笑，但他已經不想笑了，勉強笑一聲，兩人又沒話說了。

他們神情隨著時間的倒數變得嚴肅，朋友鼓起勇氣。

朋　友：有沒有什麼想……交待清楚的？

死刑犯：（低下頭，停頓）搬新家……生意怎麼樣？

朋　友：時機壞，生意很難做啦！不知道附近哪一個客人放話說我們店東西貴、

搶錢！現在沒人敢來。

死刑犯：怎麼會這樣？

朋　友：我啊知？我哪有貴？說有三個人來吃了三碗牛肉麵、切了一些滷味，後來結帳說付了一千多快兩千，就到處說我們貴！啊那天我也不在，最近聽到我也想不起來哪一天？到底是吃了什麼？有沒有喝酒？幹！我不知道啦！他們愛講就隨他們講！

死刑犯沉默無言，他的視線又一次對著遠處的空無。

朋友也察覺自己在抱怨一些瑣碎的事，頓時沉靜下來，他看著死刑犯的臉。

一股嚴肅寂靜的氣氛，此時像是時間停止了一樣。

朋友一直緊盯著死刑犯每個細微的反應，他找到一個時機開口。

朋　友：要交待什麼嗎？

死刑犯自顧自的發著呆，在想著什麼事，沒有回應朋友的問話。

死刑犯突然緩緩開口講話……

死刑犯：宣判死刑以前，我在法庭上還能感覺自己和所有的人一樣在呼吸，和大家一起生活。（停頓）現在感覺到很清楚……我和整個世界分開了，那些都已經沒關係了。判處死刑！……嗯，有什麼不行？以前不知道在哪讀過這句話：「每個人都被判處了死刑、只是無限期緩刑而已。」（輕笑）哼，從判決我的那一刻到現在，有多少以為會活得更久的人死了？從現在這一刻到我被「處決」，又有多少此時此刻愉快自在、呼吸走路的人還比我先死呢？

朋　友：（著急）別想這些啦！……別想會好過一點吧！

朋友心情難過、試圖制止死刑犯想不開心的事。

死刑犯：我釣桿放在阿雄那邊，六支。有空去跟他拿、拿去用，現在不知道還釣得到「赤翅仔」沒有？再冷一點「黑鯛」出來了……。（停頓）還

有一雙雨鞋。防滑的，你腳幾號？

朋友楞一下，看看自己的腳。

朋　友：不知道。8號半……？還是9號？

死刑犯：反正你試一試，可以就拿去穿。

朋友點點頭，也沒心情說謝謝。

死刑犯：還有一個冰桶，10公升的。摩托車若沒被偷就在阿雄家後門的巷口邊，你看，要是沒壞你就牽去騎，也賣不了什麼錢。（停頓）行照不在坐墊下面就是在阿雄那裡，不然到我家找看看。

朋　友：阿雄有來看你嗎？

死刑犯：（停頓）沒差啦！看了也不知道講什麼！

他們兩人又是一陣沉默。

死刑犯：（低聲）沒什麼好看了。……沒差啦！

朋　友：我時間要到了，你要交待什麼嗎？（哭）我可能沒機會再看到你了……

死刑犯：（搖頭）沒有。沒有什麼。

朋　友：……那你別再亂想了，……讓自己好過一點。

死刑犯：我很好，每天燈暗就知道明天又能活一天。

朋　友：別這樣說！（生氣）你這樣說我要怎麼走出這裡呀？

死刑犯壓制不住友情帶來的難過，他雙眼含淚。

兩人無語，直到情緒稍微平撫。

死刑犯：有空去看看我阿母啦，陪她聊天。

朋友雙眼含淚，用力的點頭。

死刑犯：糖糖才6歲，不知道阮某是跟糖糖怎麼說……？有聽說她的消息嗎？

朋　友：沒有耶。

死刑犯：不要騙我。

朋　友：我哪有騙你？（台語）賣閣想啊啦。

死刑犯：我問你有沒有聽說她的消息，又沒說是阮某、還是糖糖，你那麼快就回答沒有……嗯？

朋　友：啊本來就都沒有嘛！（台語）痟的！女兒就你某帶去，沒聽說就沒聽說，你在黑白亂想什麼呀。（哭）我就要離開你還在跟我講這些聽了會生氣的話。幹！

朋友說完哭得更傷心，他起身。

朋　友：時間到我要走了啦，別再想那些有的沒的！（停頓）……保重啦！

朋友看著他，緩緩回頭要離開，死刑犯叫住他。

死刑犯：等一下！

朋友回過神靠近死刑犯。

死刑犯：唱一首歌給我聽。

朋　友：唱什麼啦？我哪會唱歌！

死刑犯：隨便唱什麼。

朋　友：（台語）痟的……

死刑犯：快，唱啦，我想聽！

朋友盡力地想著。

朋　友：我真的不會唱。

死刑犯：沒關係，隨便唱，聽到你唱歌我會好過一點。

朋　友：（唱）我的家庭真可愛，整潔美滿又安康～

朋友唱著小時候音樂課學過的這首「甜蜜家庭」。混亂走調的歌聲中，死刑犯聽著，勉強感受最後的溫暖，他緩緩離開。

朋友繼續唱著，又走板、又走音地完整唱完。

（燈光漸暗）

第3場／囚房一／人物：死刑犯

（燈光漸亮）

死刑犯對著鏡頭，他的臉部特寫畫面被投在投影螢幕上，他起身緩緩走動，換到另一處。

特寫的鏡頭又重新搜尋捕捉他的臉，在看似平靜的臉上，有一股絕望的神情。

他偶爾起身走動，又坐回原來的位置，重覆起身走動，又回到原來位置，鏡頭隨他的走動盡可能重新捕捉他的臉，他臉上的神情被投在投影螢幕上。

（遠處傳來一群玩耍的少女們唸打油詩的聲音……）

少女OS：春季來～百花開～歡喜迎春樂開懷～我跟學校說拜拜～

老師問爸爸在不在～條子抓去他沒回來。

夏日裡～情洋溢～豔陽高照有活力～流浪街頭熱無敵～

曬黑不算還脫層皮～找個地方來吹冷氣。

秋天到～多煩惱～夜市街角香味飄～肚子餓得咕嚕叫～

吃了湯麵我沒鈔票～老闆打人我快落跑。
冬風吼～冷颼颼～圍爐進補喝好酒～耶誕溫馨我沒有～
路邊的椅子像石頭～寒風吹來我直發抖。
新一年～百花開～天空小鳥樂開懷～爸爸何時才回來～
孤單的生活好難捱～爸爸會不會再回來？

（重覆）

少女OS：春季來～百花開～歡喜迎春樂開懷～我跟學校說拜拜～
老師問爸爸在不在～條子抓去他沒回來。

死刑犯聽著少女的打油詩，他情緒波動、憤怒起身，在牢房內不安的自言自語罵著。

死刑犯：（罵）臭水溝！這裡根本是個臭水溝！病菌！毒素！腐蝕所有東西！

小女孩的聲音也被弄髒……，每隻麻雀身上一定沾著爛泥巴！漂亮的花聞起來是噁心的臭味！

死刑犯自語時少女們的打油詩變成了背景音效。

少女OS：夏日裡～情洋溢～豔陽高照有活力～流浪街頭熱無敵～曬黑不算還脫層皮～找個地方來吹冷氣。
秋天到～多煩惱～夜市街角香味飄～肚子餓得咕嚕叫～吃了湯麪我沒鈔票～老闆打人我快落跑。
冬風吼～冷颼颼～圍爐進補喝好酒～耶誕溫馨我沒有～路邊的椅子像石頭～寒風吹來我直發抖。
新一年～百花開～天空小鳥樂開懷～爸爸何時才回來～孤單的生活好難捱～爸爸會不會再回來？

死刑犯發洩情緒後不安地在牆上反覆用手摩著牆，一個無助情況下沒有意義的

動作。

（少女打油詩的音效漸漸消失……）

（死刑犯的上述行為，被攝影機同步呈現在投影螢幕上）

（燈光漸暗）

第4場／會談室／人物：死刑犯、妻子

（燈光漸亮，同第2場的會談室區域）

（四方型的光區被分隔成兩種顏色的光、各自放了一張椅子）

死刑犯和探望他的妻子坐在不同的椅子上，死刑犯銬著手銬，他兩眼看著妻子。妻子面容憔悴、身穿簡單的素色上衣和牛仔褲，她對著空無的遠處、腳邊放著簡單的提包、手裡拿著一本記事本。

妻　子：……你說阿雄欠你三萬四，但他說前幾年你們去澎湖，三天吃住和租船他幫你墊了超過四萬塊。

死刑犯：（停頓）他是有墊沒錯，但是花多少、怎麼算我也不知道。……有那麼多嗎？

妻　子：你都不清楚了我怎麼跟他要？你再想想有沒有漏掉什麼？有現金放在哪或是誰欠你什麼錢？

死刑犯沒講話，看不出他有沒有在想，妻子看著記事本。

妻　子：你的東西我打包收好了，六箱。是丟掉還是寄去給你媽？

死刑犯：我不知道，什麼東西？

妻　子：衣服、鞋子、一些用品……怎麼講啦，就是你以前在用的東西，有一箱是塞在抽屜的文件。

死刑犯：寄給媽媽她會受不了吧？

妻　子：所以我才問你呀？丟掉嗎？

死刑犯：抽屜那箱寄給她，資料可能會用到。

妻　子：其它我處理掉？

死刑犯無奈地點點頭，妻子在記事本上畫了記號。

死刑犯：糖糖現在多高？還是要抓那條小毛巾睡覺嗎？

妻　子：嗯。

死刑犯：那條毛巾幫我留著！那是她出生那天我買給她的。

妻　子：我已經送她去彰化，表姐這半年有空幫我照顧。
死刑犯：怎麼這樣？
妻　子：哪有辦法？我好不容易找到工作。
死刑犯：媽媽可以帶啊。

妻子沒講話，她又看看手上的記事本。

妻　子：上次借給你媽的四十萬，你要跟她講不是你借她的、是我借的……，以後要還我。
死刑犯：我媽？……不是妳媽？
妻　子：（停頓）媽媽哪天過來，你跟她講清楚，那錢是我借她的。（停頓）不然你就寫在遺囑上，糖糖將來讀書要用的。
死刑犯：房子的頭款是她出的，現在都過給妳了呀！
妻　子：歹勢，房子二胎，每個月還錢而已啦！
死刑犯：也是妳說一定要買，說會漲……

妻　子：我想買老街那邊的，是你要買這裡的！

死刑犯：比較便宜嘛……

妻　子：老街那的房子後來都漲啦！就我們這區在跌。

死刑犯生氣不講了，妻子也停住無語。

倆人面對這無濟於事的話題而沉默下來。

死刑犯：……（台語）媽媽上次說很久沒看到妳，最近妳很難找。

妻子忍著不悅沒講話。

死刑犯：……還是妳有空跟她打個電話、不然去看看她。

妻　子：（激動）每次她講些有的沒的是要我怎樣？我沒煩惱、我不痛苦嗎？

我也有我的生活要過！

妻子又看了一眼記事本。

妻　子：有一封信在問……你要不要捐贈器官？

死刑犯：他們問過我……（發牢騷）幹！這是將功贖罪嗎？

妻　子：你決定吧。

死刑犯：不理它。

妻子也不想討論，拿起記事本再看。

妻　子：（輕聲）「判決離婚」我已經辦好了。

死刑犯：（停頓）喔，了解。

死刑犯忍著難過，故做輕鬆。

死刑犯：（認真）我想看糖糖，跟糖糖說爸比愛她，只是爸比做錯事了……

妻　子：拜託！她好不容易忘記你、現在不吵了，跟她講這些是要把她逼瘋嗎！……還是要她把我逼瘋！

死刑犯：怎麼這樣？她已經忘記我啦？（沮喪）……什麼啊！難道我已經不是爸爸？我被判處永遠不准再聽到這兩個字，不准聽到糖糖對我喊「爸比」？我只想從她嘴裡再聽到一次，只要一次。

妻子難過地搖搖頭。

妻　子：我不希望你再看她了！（苦勸）這樣對她不好！

死刑犯：妳將來要怎麼跟她說？

妻　子：不知道！……想這些幹嘛。

死刑犯：（急促）我在乎她心裡我是怎麼樣的爸比……

妻　子：那麼小，要她怎麼弄懂什麼跟什麼呢？

死刑犯：……至少她要記得我們在一起那些快樂的回憶……

妻　子：我只是說我現在「沒心情、想這些幹嘛！」不是說「你想這些幹嘛？」

死刑犯：……我看不到她長大了，不能為我給她留下一個好一點的記憶嗎……？

妻　子：命運不是安排好了照表抄課的，我總有一天要面對怎麼講，但你現在要我說，我真的不知道……

死刑犯：（激動）她也是我女兒呀！

妻　子：（大聲）那又怎麼樣！……對！你女兒。你們相處過兩年，我以後還要陪她十年、二十年……（強調）是你女兒又怎樣？

妻子盯向死刑犯，她含淚的表情上已顯得無所適從。

死刑犯低頭整理思緒的衝擊，他無奈。

死刑犯：（和緩）我和妳們竟然是這樣被切斷的……

妻子沒回答，她抑止難過而結束談話，把記事本收起。

妻　子：還有沒有什麼事？我要趕上班了。

死刑犯：（無助）妳沒請假啊？

妻　子：（傷心）怎麼請？是要讓全世界知道我老公在監獄嗎？

妻子拿起提包轉身要走，死刑犯冷靜地看著她。

死刑犯：（起身）反正我已經是個死刑犯，現在到結束，多的是折磨也沒差再多加這一條。

妻子停下腳步。

死刑犯：糖糖交給妳了。這我也該面對，這些都是死刑處罰的附加折磨！（憤怒）他們認為被判死刑的人活該、生前死後本來都是一片空白。

妻子沒有回頭，她背對死刑犯眼淚奪眶而出。

死刑犯激動後沉默，像是再也沒話要說了。

死刑犯：（台語）妳賣閣來啦，妳嘛真辛苦！……咱倆耶到這為止啦。

妻子激動地抽蓄著，然後用力點點頭。

淚流了很久，她鼓足了力氣背對著死刑犯說。

妻　子：（台語）……來生有緣再會。

妻子沒回頭跨步離開。

死刑犯看著她遠去的方向。

（燈光漸暗）

第5場／囚房一／人物：死刑犯、公務員、獄警

（燈光漸亮）

（攝影鏡頭遠遠地捕捉著死刑犯的行為，呈現在投影螢幕上）

死刑犯在牢房的角落刷著牙，一個長而低沉的鈴聲響起，一位公務員開門進來，他與死刑犯隔著鐵欄杆，公務員用刻意禮貌溫和的語調說話。

公務員：抱歉，打擾了。

死刑犯感覺有些異樣地靠近鐵門邊。

公務員：（鞠躬）您晚餐吃得好嗎？

死刑犯：（一個寒顫）今天啊？

公務員沒立刻說話，以僵硬的笑容回應，他做出一種同情無奈的表情。

公務員：睡得還好吧，我看你的身體狀況很不錯（比大姆指）。希望大哥你……千萬別怨恨我們。

公務員臉上帶有一種矯揉做作的憂傷，他拿出公文。

公務員：先生。（殷勤而正經）我謹代表法務部最高法院傳達執行令。

死刑犯：（清醒）法務部長誠摯期望快點送我上黃泉路吧？希望我的死能給他無比的愉快，否則他的工作怎麼值得呢！（堅強）唸吧！

公務員：（宣讀）法務部最高法院死刑執行令已經簽發，於今晚20時13分送您歸天，一路好走……。（盯著執行令）於今日19點20分準時出發前往刑場。

（音效聲：走廊上傳來四、五位警察步伐整齊的腳步聲）

死刑犯雖然站著，但頭腦已呈現一片昏沉空白。

公務員：19點20分出發可以嗎？

死刑犯：……（顫抖）隨你高興，……你方便就好。

公務員：（鞠躬）感謝。我們到時候來接你。

公務員核對相片再為死刑犯拍照後離開。

死刑犯在慌亂中試圖冷靜，他不知怎麼面對這個已然要來臨的時刻，他不知怎麼平撫這時的激動，他想坐下但坐不住，他想走動但又想平靜……

突然想起差點忘記的新衣服，他換上新衣。

（攝影鏡頭遠遠地捕捉著死刑犯的行為，呈現在投影螢幕上）

死刑犯身上穿著新衣服，仍在牢房裡不安的來回走動，他比先前更激動，穿上新衣的他與先前的樣子相比，顯得有些突兀與哀淒。

死刑犯的腦筋在混亂的世界裡打轉，他來回踱步時口中碎碎唸著。

死刑犯：（唸唸有詞）……這些都是！這些全都是監獄，監獄能變成任何一樣東西出現！……能變成鐵欄杆、門栓、門鎖，也能變成人的外型出現。

死刑犯向四周張望，激動地來回快步後盯著牆壁看。

死刑犯：（對牆壁）……石頭水泥的監獄！

死刑犯來回快步後，手指著身邊的鐵門。

死刑犯：（對鐵門）……金屬鋼鐵的監獄！

死刑犯來回快步後，向著外面咆哮。

死刑犯：你們是假扮成人的監獄！你們是結合在一起的可怕怪物！一半建築物

一半人的怪獸！你們想把我當成你們嘴裡的獵物。

死刑犯咆哮後繼續來回踱步。

死刑犯：（輕聲自語）……我感覺自己在動！不自主的動，……我陷入半昏睡了，明明知道有人在活埋我，我卻不能掙扎也叫不出聲……

死刑犯不安的走動一段時間後，一位年輕獄警站在牢房外看著他，年輕獄警靜靜地等著。

死刑犯在激動混亂的狀態沒有理會牢房外的獄警。

死刑犯又踱步了一段時間，他才意識到獄警在門邊，然後又來回重覆地走了幾趟，死刑犯緩緩平撫下來。

獄警隔著鐵欄杆向死刑犯招手示意，死刑犯無神地看著他。

獄　警：犯人大哥，你是個好人嗎？

死刑犯：（憤怒）不是！

沉默片刻。獄警慢慢地、仔細地把想說的話說出來。

獄　警：人不是為了要違背良心才故意幹壞事的。

死刑犯：不是嗎？（停頓）要跟我講這些，夠了！走開！你在扯什麼跟什麼呀？

獄　警：（溫和客氣）抱歉，犯人大哥。……我就簡單說，如果你能為我做一件好事，而且對你毫無損失，你也都不願意做嗎？

死刑犯：你精神病院出來的啊！我最後一天了！為你做什麼好事？

獄　警：對，犯人大哥，對。我需要點運氣，想要發點財，這一切全靠你了。你看，我是個小警員，工作多到做不完、薪水才一點點。買輛車，光車貸就搞得我快破產了。所以我想靠「樂透」來稍稍貼補一下，但是到現在我一直抓不到對的號碼，老是差一點點，我買17，它就開16或18，不然就出27，錢都白白浪費掉了……（停頓）好，不急，我很快講完了！……這樣，現在我有個很好的機會……，對不起喔，犯人大

哥。你今天要被「那個」了嘛，那你死之後一定有能力先看到大樂透的中獎號碼，拜託你靈魂明天晚上托個夢給我，告訴我六個號碼，六個中獎號碼……好不好？這對你很容易。而且你不必擔心、我不怕鬼。（拿出紙條）這是我的地址，就在刑場旁邊宿舍的第一棟第26號房，走廊走到底。（臉湊近）你認得我嘛，對吧！要今天晚上來也行，就看你怎麼方便。

沉默片刻。死刑犯最後一絲的怨怒被激起了。

死刑犯：聽好！我可以讓你發大財，讓你一下賺幾十億，但有一個條件。

獄　警：（瞪眼）什麼什麼？你想要我一定答應你！犯人大哥。

死刑犯：你進來跟我換衣服。不只六個號碼，每一期我都給你六個號碼。

獄　警：喔，就這樣。

獄警立刻解扣子，死刑犯也起身準備換衣服，獄警正要開門時突然意識過來。

獄　警：你這樣？……不會是想逃吧？

死刑犯：對，但是你可以中頭彩、發大財……

獄　警：嘿，不對喲，等一下！……我樂透要中獎，你一定要先死才對呀。

死刑犯沉默沒說話，獄警楞在原處想著這邏輯。

獄　警：對吧！我中獎，你一定要先死才對呀。

（**燈光漸暗**）

第6場／囚房二／人物：死刑犯、鬼魅般的老慣犯

（燈光漸亮）

（死刑犯的神情被投在螢幕上）

死刑犯坐在另一間牢房的地上，他突然對鏡頭冷冷地看了很久。

死刑犯：（對鏡頭）剛才這裡關了另一個極刑犯，他故意引我注意、一直笑，笑的很詭異。我問他「你是誰？」他說：「我是『蹦』。」（害怕）……「蹦」？什麼啊？

舞台的另一邊，站著那位鬼魅般的老慣犯，他詭異的笑。

老慣犯：……（笑聲）砰？意思我被砰砰兩聲抬走，你也要被砰砰抬走。（笑得更強）這樣講懂了吧！（停頓）還有問題嗎？（沉默）我來說！我爸是正港有名的搶劫犯，那時候是戒嚴，很可惜，有一天爸爸被穿軍服的「白頭翁」拖去、「砰砰」就下去見閻王了。（笑聲）所以我6歲

就沒爸沒媽在管。（停頓）夏天呢，在省道旁邊的灰塵裡……打滾耍寶，拜託路過的遊客丟幾個銅板給我。（笑聲）18歲我已經正式做搶匪……搶商店，結果被抓。已經到法定年齡了，就被送去監獄。那種生活真不是人過的，睡覺就直接睡地板上，喝那種味道很怪的水，吃的米呢又粗又硬，腳鐐上還給我拖一塊很重不知道什麼屁用的大重鐵，平常不是被棍子打就是挨太陽曬。十五年，這種破爛日子花我十五年！我33歲了，我想不逃不行，但逃要挖穿三座牆、弄斷兩根鐵鏈，我只靠一支鐵釘照樣逃出去了！（得意大笑）他們哇哇哇……拉警報鳴槍，我看那些槍打打鳥差不多啦。（笑嘻嘻）逃出去沒有身分證也沒有錢，我碰到以前監獄的同學，有些是服刑期滿、有些也是逃出來的，他們大哥招我加入，一起闖民宅搶錢、誰阻擋用刀捅誰！我答應啦，就開始用殺人來謀生，搶了錢，把殺死的人埋在隨便一棵樹下，埋要很小心，（笑聲）死人的腳丫不能露出來，埋完要在土堆上面一直踩，不讓別人看出那個土是剛動過的。我們從一個樹林逃亡到另一個樹林，躲在雜草叢睡覺，趴在露天月光下過夜，這種生活老得很快，但至少

我是自由的，能自己決定到哪裡。只是好景不常，有一天晚上，我們被條子圍，同伴們一散全逃了，我這個老骨頭就被他們削到，然後送來這裡。這條命的「扣打」已經用完，就差最後一個積點，所以不管我是偷了一粒水果、還是殺了一個人，都是一樣，就在「累犯」上多加一條而已，都是送去「砰砰」。（笑聲）人生短短，我一無是處。我爸被砰，我也快上西天了……就這樣。（笑聲）

老慣犯又大笑了起來，他上前靠近。

老慣犯：兄弟，你看起來很膽小耶。不要在那些狗雜碎面前裝孫子。我知道，真要上場那段不好受啦，但是「ㄍㄧㄥ」一下就過去了！我願意先做一遍給你看，怎麼樣？兄弟我夠意思吧，嗯？交個朋友！

老慣犯更靠近，停頓一會兒，他又是哈哈大笑。

老慣犯：（笑聲）哈哈哈哈……先生？你那麼有氣質喔！老師好！（不爽）我懂了。是那個看門的跟你胡說了什麼是吧（笑聲）！

鬼魅般的老慣犯沉默了一小段時間，緩緩消失。

死刑犯坐在牢房的地上，他繼續冷冷地對著鏡頭。

（燈光變化，死刑犯的神情被投在螢幕上）

（燈光漸暗）

第7場／會談室／人物：死刑犯、老母親

（燈光漸亮，同第4場的會談室區域）

（四方型的光區被分隔成兩種顏色的光、各自放了一張椅子）

死刑犯和探望他的老母親坐在不同的椅子上，死刑犯銬著手銬，他彎著腰把頭垂在兩膝之間。

老母親用已然絕望無神的雙眼看著自己的兒子。

老母親：（用台語）……你當初就不應該那麼性格，應該跟頭家好好啊講，旁人要辭你的頭路，你就愛好好問人你是叨位做得嘸好……？嘸好就要改嘛……！

死刑犯仍垂著頭。

死刑犯：（生氣）今目講這創啥物啦！

老母親知道兒子不高興，禁聲不語。

她打開帶來的食物和帶來的新衣。

老母親：我扎素的炒麵來，你卡停仔趁燒加吃一寡仔。（難過）閣有這件新衫，紅包篕仔我放了菸，你送乎內裡的朋友，大家送你一路平安好好啊去。我稍等嚨交乎他們。……你會記得跟他們拿啊。

老母親帶來新衣（先前觀眾看到的新衣），死刑犯仍垂著頭沒抬起來。

老母親：（叼唸）有聽到無？

死刑犯垂在膝蓋間的頭用力的點著。

老母親從腰包裡拿出一個智能手機。

老母親：我專工扎你的手機仔，你欲看糖糖……內面有，我用這乎你看啦。

死刑犯聽到老母親說糖糖，他抬起垂在膝蓋間的頭來。

老母親笨手笨腳地把剛學會用的智能手機打開，死刑犯起身急促的期待著。

手機螢幕放映著，死刑犯聚精會神盯著小小的螢幕。

糖糖偶爾開心的笑聲，她叫「爸比」（觀眾可以聽到手機上畫面傳出的聲音）。

透過小小的螢幕，死刑犯看到糖糖叫爸比的快樂畫面，立刻喜極而泣、激動地哭出來。

老母親也一直擦淚，她拿著手機的手盡力保持靜止不動，讓兒子能看清楚畫面結束。

死刑犯：閣放一遍。

老母親又重放了一次。

死刑犯還是緊盯著小螢幕，如同他親眼見到女兒一般逗著小螢幕裡的糖糖。

死刑犯看完之後臉上略顯了笑容。

老母親：今目無法度，你嘸死旁人怎會甘願？

死刑犯：（哭著）上好是我死死大家嚨甘願啦。

老母親：（認命地）旁人嘛驚你閣會呷人害。

死刑犯：我就不是刁工害人的！

老母親：旁人死三條命就按怎嚨愛想辦法證明你是刁工的。（絕望）人喔……嚨係同款啦！

無言，一陣沉默。

死刑犯：對啦！我是「人神共憤，天理不容」。

老母親：（無奈）你怎會按呢？……讀冊嘛有讀啊，當初就應該跟頭家好好講，你就是「有話無講」才會按呢啦……，好好跟頭家參詳看有別項會通幫忙無。……好好啊做工作、好好啊賺錢，啊心情壞嘛無定要飲酒啊，恬恬想乎清楚嘛會當解決問題啊……

死刑犯沒有理會老母親說什麼。

死刑犯：媽——！閣放一遍。

老母親再用手機放一次，死刑犯又定睛看了一遍糖糖的畫面，像是要永遠記得她。畫面結束，老母親放下手機。

死刑犯：知影糖糖今目按怎無？

老母親：嘸知啦，應該是準備欲改名了。

死刑犯明白了，也不得不接受。

老母親：姓氏嘛欲改。

死刑犯：（痛苦的沉默）頂擺四十萬是阮某借妳的，不是我。

老母親：喔……，我看的出來啦，自從你拿那條錢乎我，她整身軀佇遐礙逆，親像我欠她錢呢！……早就寫在她面頂啊啦。（停頓）你免煩惱，我會還她。

死刑犯緩緩坐回他的椅子上。

老母親：炒麵和衫我會交乎他們、閣有這棉被……，（耳提面命）你時間到了就緊穿新衫啊……（母親又哭了起來）我明仔日閣再來看你。

死刑犯：嘸免啦！我會照顧我家己啦！

老母親看著兒子，終於放聲大哭。

老母親：（哭喊）我的心肝仔囝～～

死刑犯擔心老母親而起身，老母親腳軟哭倒在地上。

死刑犯：（安慰她）媽——！媽——

死刑犯摸不著母親，只能在旁邊傷心著。

老母親慢慢撐起自己，疲累地走出了會談室。

死刑犯無言地哭著。

（燈光漸暗）

第8場／囚房二／人物：死刑犯

（燈光漸亮）

（死刑犯的神情被投在螢幕上）

死刑犯站在原地，一陣沉默，他哀傷地像是對著腦海中的人講話。

死刑犯：（喃喃自語）啊，糖糖！他們這樣對付妳爸比。……（沮喪）他們都不恨我、都同情我、都可以救我，……但他們要殺了我！

死刑犯無力的原地坐下，語氣顯得更弱。

死刑犯：糖糖，妳搞得懂為什麼嗎？（搖頭不解）透過冷酷的儀式殺了爸比，……像處理一件很平常的東西。他們沒看過妳……糖糖最可愛……，他們沒想過我也是個6歲小孩的爸比。

死刑犯停止講話，他緩緩縮回角落，無法動彈。

死刑犯：（喃喃）糖糖，妳長大以後會變怎樣？爸比是大家茶餘飯後、閒言閒語的話題。

死刑犯像是糖糖就站在眼前，他對著假想的糖糖。

死刑犯：（不捨）因為妳是我全心疼愛的女兒，就要為我而丟臉的被人指責、孤立、謾罵……（哀傷）……我的小糖糖，妳會因為爸比而感覺羞恥和恐怖嗎……？糖糖……

死刑犯難過地說不出話了，他只能勉強自己振作。

死刑犯：（微弱）……再過一會兒，我真的就要死了嗎……？

死刑犯調整自己不安的呼吸節奏。

死刑犯……要死的人真是我嗎？

（燈光漸暗，死刑犯的投影接著變暗消失）

（黑暗中，糖糖的影像被投在螢幕上：糖糖開心對鏡頭叫著「爸比」）

第9場／刑場／人物：死刑犯、法警

（燈光漸亮）

燈光下一張小桌，小桌上的四方鐵盤裡放著四道菜，旁邊一碗飯、一杯茶、一小瓶酒、一包菸和一個印著監獄名稱的打火機，不遠處放著一床棉被，牆壁上一張地藏王菩薩的像。

死刑犯銬著腳鐐被帶上場，他顯得不安、無法鎮定，似在半昏睡狀態的腦。

死刑犯被帶到小桌旁坐下，他對著飯菜，完全無力打不起精神，他坐了很久無法集中精神，偶爾他回頭看看四周，身旁安靜無聲。

死刑犯坐了許久沒動食物，站在他左邊的法警等了一會，他看看手錶。

法　警：（催促）吃點東西嘛！（停頓）不然喝點酒。

死刑犯像是沒有在聽他講話，他看著前方試圖站起來，但又無力的坐回。他在顫抖中試著讓自己能保有一絲戰勝恐懼的清醒。法警冷冷地等待著。

死刑犯賣力的起身，但站不穩往後方一傾他倒在地上。

法警扶起他，試著要把他放回座位，但死刑犯癱軟無力，不易放回座位，法警使勁弄了一會兒，死刑犯還是沒坐回椅子上。

法警只好鬆手後，死刑犯跪在原地。

死刑犯：（微弱的）我要上訴……，我要上訴……

身後有人傳來一句提醒。

聲音OS：要準時喔！

法警聽到，上前把棉被理好。

死刑犯顫抖的聲音愈來愈微弱。

死刑犯：我要上訴……，我要上訴……，我要上訴……

死刑犯一直顫抖著。

（突然的巨雷聲的音效，舞台上的被子染成一片紅光）

（第二次雷聲巨響，燈光漸暗）

黑暗中，螢幕上緩緩出現死刑犯的臉，他沒有表情地對著鏡頭（預錄畫面）。

死刑犯：他們說……這沒什麼，是個迅速簡捷的死法，不會痛苦。那麼，宣判死刑到執行槍決這段期間，「極度的苦惱慢慢積累到最後一天」這種感覺……應該被稱為什麼？那些完全絕望、似乎過得很慢、又像過得很快的日子裡，持續隱隱作痛的那又是什麼呢？在槍斃前那一級一級加重的折磨又該怎麼稱呼呢？這也是所謂的「不會痛苦」嗎？我的血一滴滴流盡而死，我的意識一步步消失滅絕，要說也可以說「這都不算痛苦」。

（悠長強烈的音效起，螢幕漸暗，音樂在黑暗中進行著）

第10場／會談室／人物：死刑犯、被害人家屬

（燈光漸亮，同第7場的會談室區域）

（四方型的光區被分隔成兩種顏色的光、各自放了一張椅子）

死刑犯和被害人家屬坐在不同的椅子上。死刑犯銬著手銬，他沒有看對方。

被害人家屬看著前方的死刑犯。

被害人家屬：（平靜）……我還沒有原諒你。（停頓）我死去的家人是他們的命，你的遭遇也是你的命，原不原諒你是我自己的情緒……，我不能接受的是難道把你斃了就代表政府對我們的交待嗎？我的不安沒有消失啊！我日常中怎麼活、怎麼活得安心？才是我在乎的呀。（停頓）社會治安出了什麼問題？人對人的態度出了什麼問題？基本教育出了什麼問題？貧富懸殊有沒有助長這些問題？這些都因為槍斃你就一塊布把全部問題都遮起來！這個社會、這個政府難道沒有比趕快槍斃你更應該快點去做的事情嗎？

一陣靜默，被害人家屬歎氣。

死刑犯沒有看被害人家屬，眼神對著莫名的空無。

死刑犯：（平靜）案發那天，我被逼到極點的那一瞬間……，我在想方法化解心裡的衝擊……，我很激動……，不知道自己在幹什麼！哪有頭腦想到每個生命背後其它的情感牽扯？但是大家用這來質問我，認為那時我應該清醒的知道自己在說什麼、做什麼。（停頓）如果把我一生列出來，一定很難相信，我度過那麼多年愉快正常的日子，會在倒楣的幾年裡變成罪犯，然後兩顆子彈……槍斃結束，這一生的開頭和結尾反差太大了。（回想）我還記得……自在的在秋天裡散步，在樹蔭和綠葉間晃盪。但現在，我已經不再是人群裡的一份子了。（停頓）沒想到失業三個月、求職被羞辱、老婆成天叨唸、加上一瓶酒，就什麼都可能發生了。（回想）我只記得他對著我不停大罵三字經，用東西砸我……，後來我一時激動就殺了他們……，我記得我被一群人包圍的時候手上都是血，身上也都是傷……，但到底發生什麼、怎麼發生的都沒人講！

只說我是「罪無可赦的殺人魔」……（停頓，看對方）……我根本不知道他會這樣亂罵，不知道他們會一起要勒住我，我絕對沒有要故意殺他們！我沒有要這樣！我沒有想要誰死！（停頓）現在想，當然可以說管人家罵你幹嘛？失業又怎樣？幹嘛喝酒……？但那時候我就是過不了自己，也沒人幫我。我做了對不起大家的事，實在很對不起！（停頓）你們透過檢察官不斷加重我的罪，因為你們痛恨我……，我知道你們也不容易過得了自己！

被害人家屬：（平靜）事情剛發生我真的非常恨你！幫我的人都會想盡辦法對付你。這個社會有允許我有自己的看法嗎？除非那個看法跟他們一致，不一致就被當成比你還可憎的怪物。但判決定讞後，什麼都告一段落，生活種種要回歸常態了，這才是我真正需要人幫助的時候。我的生活該怎麼過？大家用什麼眼光在看我？很少人管了，大家只關心你判死刑沒？槍斃有沒有拖很久？那我到底獲得了什麼公道？

無奈的沉默中，兩人眼神交會。

死刑犯：（平靜）我不曉得幾個倒楣的事湊在一起，我就被定義成「會犯罪的壞人」、還有「該被判死刑的那些人」……。

被害人家屬：（平靜）我沒有要你死。對我而言，最痛苦的是傷害始終沒有被彌補……，不管你死不死。

死刑犯：（平靜）你知道嗎……，最沉痛的並不是面對死亡，而是傷害他人以後永遠無法彌補的悔恨。

（悠長強烈的音效起，燈光漸暗，音樂在黑暗中進行著）

劇　終

戲劇即將萌生時——

靜下瘋狂正義的心

「該不該寫？」在心裡迴盪一段時間後，我做了決定。

從小到大我的認知裡、從歷史教科書所學的知識裡，將相重臣被帝王處死乃常見的史實，有人含冤而死、有人是權力爭奪下的不幸犧牲者。然而隔著一層歷史面紗，卻不曾讓我想過現今刑罰制度中的死刑判決是為什麼被留下的，彷彿現今死刑的判處比歷史上的帝王更理所當然。直到二〇〇六年看到台灣有人倡言廢除死刑時，起初我憤怒不解「神經病嗎？為什麼要幫這些可惡的人說話！」但在冷靜之後也才開始有機會問自己：一直根深蒂固存在的死刑，有沒有該重新理解的必要？

就我所知，倡導廢除死刑的人，並不是贊成犯罪真好、殺人沒錯，或強逼大家要以寬恕來面對……等。不是，他們同樣認為殺人有罪（必須監禁），同樣對這些罪犯感到可怕，只是他們並不因為心中的恐懼，就令他們覺得「死刑」是抑制這種現象的好方法。

在我中學的時代，剛開始有人倡導老師和家長不要打小孩。那個年代，許多老師和家長憤怒的認為「叫我不打小孩，你們是要這些小孩學壞嗎？」他們當時不理解，希望你不打小孩的人也是希望你的小孩不要學壞，且期望你不要

誤認為打了小孩就等於事情解決了，反而因為不打小孩而激發你透過更細心的關注，理解他們的行為是怎麼來的，才能導引他們避免更壞的結果。我常想，今天的社會如果有個老師對家長說：「你小孩我已經當全班同學賞了他三巴掌，處罰過了，沒問題了！」我好奇有多少家長認為摑你小孩巴掌是「對你小孩好」的方法？又有多少家長希望小孩在台下看著老師當眾摑另一個小孩的巴掌來「警醒你小孩？」

我不是教育家，不是律師，不是犯罪學研究者，道德稱不上崇高，行為也不見得毫無瑕疵，但每回我聽到有人以「如果你的家人被虐待到死，你是什麼感受呢？」去質問「廢除死刑」的公共政策時，除了歎息說這話本身就是以威脅的態度在提問之外，也知道他並沒有嘗試理解「廢死」這項公共政策的公平正義角度、就自視為公平正義而大聲疾呼。可怕的是「執行死刑」或「廢除死刑」那麼重要的政策，用這樣的直覺思考來決定主張，已經比究竟要「執行」或「廢除」更令人感到驚慌和不可理喻，因為這樣的質問根本忽略了廢除死刑者也是希望社會更安定的前提。

在「讓社會更安定」的共識下來討論死刑的存或廢才是必要的，不論結果

為何，大家的共識相同，都是為了讓社會更安定。不該急著把別人或自己二分或標籤化，而忽略了另一方也可能提供讓社會安定更好的方法。

我先從「三個疑問」來思考和自我反問：

首先，「死刑是不是阻嚇犯罪的最好方法？」

關於這方面的討論，我經常看到的都是依著個案說法就認定它的效果，某某犯案人覺得有阻嚇作用、某某犯案人認為沒有阻嚇作用……等，好像大家易於相信一個特殊身份者的認定，而很少誠實的面對實際數據的統計，所以這類數據也就少得可憐。當然「執行死刑數量」與「犯罪率」關係的專業數據以外，我更關心好的教育和社會的關愛氣氛所帶來重大犯罪率降低的效果，這方面的數據也很少人探討。對於死刑能阻嚇重大犯罪的說法，我擔心它只是個習以為常的想法，就如同三十年前很多人以為，體罰小孩是不讓小孩學壞的方法，其間有著耐人尋味的矛盾。

再者說到「阻嚇」犯罪，那麼「誰該被阻嚇？」假設該被阻嚇的對象是社會裡的每一個人，現行的死刑執行有表達阻嚇的意圖嗎？那些執行死刑的血淋

淋槍決過程為什麼是靜悄悄的進行著？而不是讓全民老少透過黃金時段、強勢媒體、熱門網路平台強制看到處決過程來形成阻嚇？這樣靜悄悄的把人槍斃，就是所謂阻嚇效果嗎？

反之，若是問問每一位社會公民，有多少人希望避免有人誤入歧途，同意全民不分成年男女、青少年或兒童必須定時觀看「執行槍決的過程」來阻嚇我們將來免於犯罪呢？或是討論區分「成年」、「叛逆青少年」、「兒童」等不同年齡來阻嚇呢？否則，我們嘴巴說的阻嚇又是以什麼運作模式在達成阻嚇作用？

當然也有人認為「不管它有沒有嚇阻作用，這樣的人就應該消滅！」這很像一個自認優秀的學生認為只要把學校學習不良的學生都開除，學校就沒有學習不良的學生了。一個學校開除學習不良的學生，就不會產生不良學生了嗎？那教育是什麼呢？學校不該把學習不良的學生變成學習正常的學生嗎？這不才是原本學校該有的責任嗎？或至少是它應該被如此期許的吧？面對更複雜的社會，用「處決刑犯」來期望沒有人再犯案會是對的做法嗎？

種種問號，我對死刑足以阻嚇犯罪的說法，一直還得不到踏實的感受。

第二，在一個公民有權決議的社會裡，「我們該不該給政府這麼大的權力？」也是我的疑問。

我們對政府有諸多的不信任，勞健保資源分配、食品安全把關、重大BOT案、核電、服貿、課綱微調……等問題，那麼多大小事情群眾都顯得不願意信任政府的公平公正，為何卻在「判處一個人死刑」這麼大的權力上，我們突然對政府公權力有那麼大的公平信心？難道在一個人可以被判生或被判死之間，不是同樣隱藏著許多能上下其手的黑箱？許多人寧願傾家蕩產只求親人活下，最後是不是就變成有權有勢者才有「免於死刑」的權利？在那個黑箱的利益結構裡，是不是富有的犯罪者會比貧窮的清白者更受到禮遇？所以，我們該給政府那麼大的權力、大到可以決定一個人的生或死嗎？

社會公民在「判處一個人死刑」這麼大的權力上如此信任政府又是什麼原因呢？真的是因為司法上判冤案的機率很低嗎？還是因為群眾輕忽了它？大部分的人不習慣思考與他們沒有立即切身利益的事。就好像不開車的人對牌照稅、燃料稅、油價合不合理是不習慣去關心的，會覺得那是別人的事，這樣的行為

習慣，也就引發我反問自己的第三個疑問。

第三，那些在報章媒體上出現「被逮捕的人，真的是別人家的事嗎？」它會不會在冷不防時，就不巧與我們都有關了？

在日常生活中，群眾有個不去了解就先審判的危險習慣。每當報章媒體上出現被逮捕的人，群眾習慣主觀推定他們有罪，認為他們就是那些生來會犯罪的惡人，認定被警察抓到的人就是罪犯……等。不自覺的思考習慣是盲目的，我們明明知道媒體透過影像、標題、音效、說話語氣在導引我們的情緒，然而我們知道的同時感官卻又易於相信它所呈現的內容。或許有人有經驗，當媒體報導到自身清楚的事情時，我們知道它經常流於偏頗或不接近事實，因為我們知道事實；然而在報導與我們無關的事情時，我們的頭腦卻易於當它是真正的事實來相信。如果不警醒自己容易流於這樣的思考，那麼我們就很容易直接從媒體的報導下，輕易的做了內心的判決。

即使一個冤獄案件，在習慣先入為主的認為他們本來就不是善類，又隨著媒體的新聞炒作而瘋狂地貼標籤、做審判，這會是公平的審判嗎？思考的時候

存在著對「不可愛的受冤枉人」和「可愛的受冤枉人」主觀的差別判斷，我們要提醒自己在一個證據不足的情況下，人容易傾向「相信可愛漂亮的人受冤枉」多於「相信不可愛漂亮的人受冤枉」。這種主觀差別判斷在日常生活中隨處發生，一個老師評斷兩個不同學生說法時，如果沒有證據，就傾向認同平日聽話可愛的學生，而不認同平日調皮搗蛋的學生，這樣的直覺若不被提及和思考，你我都可能會是那個因為不被了解、不怎麼可愛、就先被貼了有罪標籤的受害人。這種判定習慣若再加上裁決者彰顯自我強人的做風，就助長了惡規，若在執法上，就是形成惡法，社會的每一份子面對的風險都很大。

受冤的情況之外，在眾目睽睽下失控犯案的人呢？在每一個案發的悲憤當下，誰也沒有多餘的心思去想清楚怎麼會這樣？更遑論共同去想怎麼避免讓這樣的悲劇不再發生。若是以醉酒駕車殃及無辜者喪命（那也近似一種無差別的隨機）為例，社會接受勸阻喝酒的人駕車、店家代客酒測警告、代客駕車、警察攔檢……各種方法，都是在處罰酒駕者之外尋找問題源頭以避免更多的無辜受害生命，以及他們（肇事者及受害者）牽連家庭的悲劇。那麼對那些失控犯罪者，是不是更應該快點建立從源頭避免的機制呢？

這樣的失控、隨機犯案者就是屬於那些「會犯罪的別人」嗎？失控的行為真的是離你我都很遠的「別人家的事」嗎？

如果，在學校被同學欺負、沒做錯事卻被老師冤枉、男女朋友吵架、夫妻情侶的背叛、老闆對你激動的拍桌臭罵、無預警突然被開除、遭朋友訛詐……，當一個帶著盛怒走在路上或駕車在街上的人，再加一樁讓他想大罵的不滿情況，再遇上個無端的莫名刺激或來個酒精催化，若他不巧也積累了長期的失意沮喪……。你、我、或你我摯愛的親人，都「可能」會是那個不小心啟動了發洩行為而犯下錯誤的人，然後在媒體的畫面上、斗大聳動的標語下被群眾冷眼地未審先判，成了那個原以為是「會犯罪的別人」。

人類的心理極容易受到傷害，不是只有在被大呼小叫或遇到無法抹滅的可怕事件時才形成。面對兩個幼兒，媽媽無意間給哥哥兩片餅乾只給弟弟一片，即使弟弟不因為少一片而飢餓，但他幼小的心靈「可能」已經形成某種傷害。但我們太習慣把心理受傷害當成是自己個人的事，我們似乎只在乎外表看得到的傷痕，對那些心理自幼累積的傷害，往往只用一句「不要想太多」就搪塞了別人也敷衍了自己。

當一個人瀕臨崩潰的那一刻，人在哪裡？有人關心嗎？自我心理健康情況如何？有沒有再遇到下一個或更多接二連三的負面刺激？有沒有管道導引他平撫情緒？都成了他是不是下一個倒楣罪犯的關鍵，如果在這個時間或在更早的時間，有人將他拉出那個憤恨沮喪的情緒軸線推他回到正軌，就沒有那個被犯下的錯誤和錯誤後受害人或受刑人家屬們接連而來的悲劇。我們的公民社會難道沒有比「趕快執行槍決」更應該趕快思考和建立的社會心理健康有效機制嗎？

除了對自己的反問思考外，我也擔心「死刑」好像給了負責治安、負責教育、負責社會安定的不同執政管理者，一個太輕易就可以推卸責任的捷徑了。用加重刑罰來讓受害者家屬們閉嘴，避免群眾將責任的矛頭指向執政管理者。處決罪犯就能代表執政管理的公權力向我們負責了嗎？難道受害者家屬會認為我們生命安全的社會責任，能因處決罪犯而得到保障嗎？

「同意死刑」或「不同意死刑」本來就不是建立在反面一方活該的敵對態度上，它本身的兩難性更應該引領我們尊重和理解另一方的觀點和論述，沒有清楚的理解和思考前被直覺所擺佈會是比較危險的。

在身體或生命受到傷害威脅的第一時間，產生報復和洩恨的念頭會相對強烈，在這最激動、最恐懼、最憤恨的當下決定的處理方式勢必會是最嚴厲、狠毒又無可挽回的。而關於死刑存廢的政策或相關刑法，不該在激動、恐懼和憤恨的態度下訂定，這是理性的公民或期許社會更安定的人都應該認知的，畢竟往一個更高尚的社會前進，不單看我們怎麼禮遇成功的人，更要看我們怎麼對待犯錯的人。

陳以文二〇一五年八月十日於台北